一半是这里，一半是欧洲

一半是

这里

余　斌　著

一半是

欧洲

中 华 书 局

图书在版编目(CIP)数据

一半是这里,一半是欧洲/余斌著.—北京:中华书局,2013.10
ISBN 978-7-101-09504-3

Ⅰ.一… Ⅱ.余… Ⅲ.游记-作品集-中国-当代 Ⅳ.I267.4

中国版本图书馆 CIP 数据核字(2013)第 156449 号

书　　名　一半是这里,一半是欧洲
著　　者　余　斌
责任编辑　李世文　王　芳
出版发行　中华书局
　　　　　(北京市丰台区太平桥西里 38 号　100073)
　　　　　http://www.zhbc.com.cn
　　　　　E-mail:zhbc@zhbc.com.cn
印　　刷　北京瑞古冠中印刷厂
版　　次　2013 年 10 月北京第 1 版
　　　　　2013 年 10 月北京第 1 次印刷
规　　格　开本/880×1230 毫米　1/32
　　　　　印张 10¾　字数 180 千字
印　　数　1-6000 册
国际书号　ISBN 978-7-101-09504-3
定　　价　48.00 元

有言在先

几年前我到法国教过一年书。去之前有家出版社约稿，希望回来能写一本《跟着徐志摩游欧洲》那样的书。——我不知记得是否准确，反正大概是这意思。那一阵似乎与谁谁谁、跟谁谁谁去旅行之类的书时兴了一阵，据说旅游书出之以这样的形式，颇受欢迎。我没答应：一则到一陌生环境，固然不愁无话可说，是不是有那么多的话，足以成一本书，没数；二则没看过那类书，不知路数，我也不喜欢跟着谁谁谁"游"，听上去像"踏着先烈的足迹"似的，即使愿意，这样"主题先行"的书（其实也没什么"主题"）是否写得出，也没谱。

没想到回来后东涂西抹，与欧洲有关的文字，居然慢慢积到可以成书。我得赞自己有先见之明，不曾在出国之前就弄个套子把自己装进去。虽然事实上到最后，一本书就是一个套子，不管是"先行"还是"追认",是自然地生成,还是人为地赋予,内容上"同一性"总是有的,"没有"也会变成"有"。不过我把这类文字收集起来,心下还是忐忑,除了不同程度地和欧洲有关这一点之外,从取材到写法,多有不相类者,写时并不在意,弄在一起就显了,颇有一些篇什,横看竖看不舒服,像是杂牌军的拒绝收编。

待书出来,当然是要归入"游记"一类的,但收在这里的很多篇目,能不能算正经游记,我就不知道。就算可为"游记"收容,也不是我欣赏的那一类。我自己情愿看的,近的如戈普尼克的《巴黎到月亮》、彼得·梅尔的《普罗旺斯的一年》,远的如斯蒂文生的《驱驴旅行记》,前者是在一地深度的印象记,后者所记则多是"在路上",或是观察体悟,或是一路行去的趣事,反正写得都有意思。

其实读过的游记,品类远不止此,在欧洲的那段时间,因为总在筹划出游,上至名篇,下至网上跟旅行有关、比灌水强不了多少的帖子,都看。高下是一个分法,还有一种归类的依据是实用与非实用。以我的口味,前者因为只是信息的汇集,很是无趣,殊不知有时候最迫切想得到的,就是"指南"、"攻略"之类,因其有用,可以提供最直接的帮助,比如哪里有便宜旅馆,某地"藏"着某个少有人知却大可一游的去处。每每出行之前,忙着搜罗的,就是这些信息。

因为指望的是"立竿见影",时间上就得靠得近,要注意有效期,所以多半还是出自网上。虽然由于很难按计划游行的缘故,费力打捞出来的信息差不多都得作废,纵是这样,还是乐此不疲,无他,至少在意想中,有用。不管是书,还是网络,这一类都颇有点像教科书,食之固然无味,作为敲门砖,却又少它不得。此所以旅游书里最好卖的,永远是各式各样的旅行指南,一如书业中长盛不衰的,还是教辅。

"攻略"的书我当然写不出,也轮不到我来写,既然我到过的都是大路货的地方,旅行的方式也极其寻常。并非心得全无,比如欧洲不易找到公厕,我发现情急之际,还是找"麦当劳"、"肯德基"最是相宜。但这实在算不得独得之秘,好多人在国内也有一样的经验,"攻略"云乎哉?

那么,"软"一点的?——比之"指南"、"攻略"的实用因而"硬",记述一己印象、感受,对读者可有可无的,就该谓之"软"了。当然,好些游记在另一意义上都是"软"中有"硬"的,我指的是作者对所到之地有丰富的知识,不拘风俗民情、历史掌故皆了然于胸,又有细腻的观察、深入的了解,且以有趣的文字笔之于书;又或旅行的经历奇特,遇见奇人奇事,见到海市蜃楼、绝域风光,描摹状写,亦自引人入胜。可惜这些也都是我办不了的。

我怀疑游记写成什么样,很大程度上取决于"游"的方式。走马观花是"游",流连忘返也是"游";观光客是"游",背包族也是"游";自费旅行是"游",公款考察也是"游";匆匆而过是"游",长时间羁旅也是"游"。所得自然不一样。这里"游"其实不单是行走,也包括居住——外来者的眼光,局外人的感受,便是"游"的状态。虽然古人谓"天地者万物之逆旅",哪里都一样,然那是哲人的境界,普通人就觉异国他乡,还是有别。我所谓"游"的方式,也不单指形迹上的,比如对一地了解领悟的深与浅,并非就一定与停留时间的长短成正比。尽有悟性高的人,匆匆一瞥也能对景对人对事"觑得亲切"。我是反例,在欧洲呆了近一年的时间,较一般的游客所见所历所感,也算稍广稍多了,所得印象却还是浅,缺少诗心的直觉把握之外,还有一端是语言不通,掌握当地人的语言太重要了,不通,则虽身在其中,与那世界似乎也是隔离的,很多时候就像要拍照而对不准焦距,一切影影绰绰,有似雾里看花。

　　事实上我从未想过要写怎样的"游记",甚至不曾有意识地写"游记"。虽说兴味在彼不在此,正经起来,就觉标准的游记似乎应该是到此一游的那一种,而这样的却只有寥寥数篇,虽然在欧洲暴走,颇去了一些地方,回头想来,布拉格、格拉纳达、佛罗伦萨、维罗纳、爱丁堡、约克、塞维利亚、鲁昂、阿维尼翁、萨尔茨堡、上诺曼底、里斯本……那么多盘桓过的所在，一想起就如在眼前，有些较所写过者如维也纳还印象更深，居然都没专门写过。也许是不甘写成风光介绍，考索、议论，更不用说抒情，又有所不能吧。我只随手将想到而又以为可以一写的记下了，开始也并未想到单独成书，待拢到一起了，才发现颇为混杂。有印象记，有历险记；有在外生活的感受，亦有对老外的观察；有述事的，也有记人的，议论亦复不少；篇幅上也参差不齐，长的长，短的短，相去甚远，总之是不整齐。唯有平淡无奇是一样的：印象多半粗浅，历险其实平常。若笼而统之归为欧洲印象，则终归还是一个雾里看花。

当然雾里看花也自有它的好处。我不是说朦胧美之类，而是“雾里看花”因于所知不多，对 ABC 也须费力辨认，这倒让本书与大多数人有一共同的起点：一样的毫无海外生活的经验；一样的不精通外语；一样的好奇心，事事新鲜。只是太“小儿科”，所关注者，往往是极琐细之事，比如洋人如何盖被，晒不晒衣，在哪里抽烟之类，好像跑到国外去略识草木虫鱼。也因这个缘故，曾想干脆就叫作“欧洲的鸡毛蒜皮”。后来再翻翻，又发现好多笔墨都花在了我们这边——并非有意识地要做什么中西比较，实在是中国的背景太深了，凡事一想就牵连出来——单顶一个"欧洲"的大帽子,似有"以偏盖全"之嫌。于是分了一半给"这里",百分之百的"纪实",别无虚玄,交待一下,也是"勿谓言之不预"的意思。

书名就这么来的。

目　录

贴　面……………………………………………………… 1

青年旅馆………………………………………………… 6

被　子…………………………………………………… 13

洋人喝茶………………………………………………… 18

何处吸烟………………………………………………… 21

洋人不晒衣?…………………………………………… 25

关于领带………………………………………………… 32

红灯区…………………………………………………… 38

罢　工…………………………………………………… 47

当　真…………………………………………………… 55

酷暑在巴黎……………………………………………… 62

奶文化…………………………………………………… 66

红酒的身价……………………………………………… 74

喝啤酒,到比利时……………………………………… 81

西式菜单 ……………………………………… 85

饭菜有别 ……………………………………… 89

吃，是一个问题 ……………………………… 94

汉字的诱惑 …………………………………… 97

无地方便 ……………………………………… 104

不识洗脚池 …………………………………… 109

园林是我们的好 ……………………………… 112

街头的巴赫 …………………………………… 117

洋中餐 ………………………………………… 122

剔　牙 ………………………………………… 127

人民币本位 …………………………………… 130

自行车在欧洲 ………………………………… 133

迷路记 ………………………………………… 138

防人之心 ……………………………………… 150

闯　祸 ………………………………………… 160

袖子问题 ……………………………………… 166

未遂行骗计划 ································· 170

独坐咖啡馆 ··································· 174

教堂麻痹症 ··································· 180

阁　楼 ······································· 195

恍　惚 ······································· 201

占　有 ······································· 206

与雨果为邻 ··································· 216

双城记 ······································· 220

遗憾留在辛特拉 ······························· 225

威尼斯如梦 ··································· 231

斯特劳斯的维也纳 ····························· 239

老尹在巴黎 ··································· 247

叶老板 ······································· 272

日记中的保罗 ································· 287

好人戴维 ··································· 302

贴　面

　　贴面，二人面颊相触之谓也。最早知道这词儿似乎是一九八〇年代初，交谊舞大热之外，又有一种舞，叫贴面舞。其实也并非舞蹈的一个种类，只是说男女二人相拥慢舞，或者说是慢摇摆，面孔相贴而已。当时男女间已非"授受不亲"，然开放程度有限，"贴面"二字说来或听来自不乏些许香艳暧昧。常人眼中，跳贴面舞者，必为不三不四之人。

　　此处所说贴面与跳舞无关，乃是法国人见面时所行之礼。法国礼俗，男人与男人相见，握手寒暄，女与女或男与女相见，则是问好之外再加贴面。称"贴面"而不说"亲吻"，皆因行礼时动脸而不动口，并无唇吻之亲。其过程如下：行礼者将脸伸来，受礼者将面凑去，两面相挨，口中出亲吻之声，口与脸则并不相接；此面方罢，转过脸再以另一面相触——好了，礼毕。中国旧称礼仪之邦，见面有一定之规，不过"礼"本就含有距离之意，所以或抱拳，或打千，或道万福，容雍揖让，不见俄国式粗豪的熊抱，更无法国人狎腻的贴面。竞技场上国人不擅身体接触项目，见面礼数上，我们也不来这一套。

确切地说，"文革"以后，中国人相见已经可以无礼，事实上也无"礼"可循了。照规矩行礼大约就叫作"行礼如仪"，"仪"已不存，如何行法？所以现在的中国人见了面是没规矩的，多半点个头，胡乱招呼一声就拉倒。当然，从西人那里来的握手礼并未废弃，也许握手礼没有阶级性或姓"社"、姓"资"的问题，从民国时的先生叫到一九四九年以后的同志，再从同志叫回先生，手还是照握（这握手礼似乎已"全球化"了）。但是中国人握手只限于较正式的场合，不熟悉的人之间，若彼此隔三岔五地见面，每见面必大握其手，多半要落下"一本正经"的话柄，虽说还不至被说成"道貌岸然"。法国人的握手礼则是不分场合地点的（也不分高低贵贱），几乎无时不在。我到法国后住在学校宿舍里，与几位法国老兄朝夕相见，几乎每天必握手一次，若逢其握的兴起，上午已跟你握过，下午撞见了，还握；在校园里，握，在公共厨房里，也握。

而且中国人在见面礼上是男女一律，法国人则绝对男女有别，如果一男一女或两个女子大握其手，而又都是法国人，他们的同胞一见之下，定会莫名惊诧。不握手，当如何？已见上述，曰贴面。握手已颇费事，贴面更是繁琐，因左脸右脸均须顾及（手心手背都是肉？），等于握了手心再握手背，时间要加倍。常在校园中见一女生遇上一帮男女同学，左一面，右一面，挨个贴来，没完没了。所以撇开其他不论，单从经济的角度说，也断不可推广法人之礼——宁取熟不拘礼，或者就像我们现在这样，干脆无礼。

但是在人家的地面上，还得照人家的游戏规则来。看男男女女贴面，并无狎腻之态，也就不觉眼热。联类及己，倒是颇有点忐忑：若是受此礼遇，如何是好？说来好笑，这并非了不得的事，可许多的尴尬就是由这等小事而来。记得看过的一部小说中有一细节，写一九五〇年代初，两个干部要见苏联老大哥，事前在家里猛练熊抱。真是传神之笔。往大里说，是怕失礼，实际点说，也是要避免自家陷入笨拙可笑的境地。不同文化的格格不入，有时就是这么具体而微。

我倒是没练（也没法练），也没想出什么应对之策。只是有些模糊的意念闪过。若一定要澄清，大概可表述为以下两点：其一，逆来顺受，见机行事；其二，我是男的，怕它作甚？第二点事出有因，盖中国来法的女孩大多都习惯了贴面之礼。若要寻根究底，这里面大概还有那么点男性中心意识——女子和你贴面，纵使不占便宜，总也不算吃专亏。

在相当长一段时间内，我的惶恐像是庸人自扰。法国人尽管常自以为是，自我中心，在贴面上倒还是内外有别，颇为民主——自己同胞，一定贴；外国人，可贴可不贴。到学生家做客，女主人将来宾贴了一圈，轮到我很自然就停了贴面，伸出手来。吃罢午餐，主人要出游，行前再次行礼，到我仍是握手。虽说握手未免太多，然两"害"相权取其轻，握手自如得多，再者握手真正是"举手之劳"，多举几次也算不得什么。

关键是免去了那份紧张。初来法国，每遇行礼场合而有女子在，不由地便"心中有鬼"，虽然说不上"如临大敌"，躲过一"劫"却真正是"如蒙大赦"。时间长了，发现各行其是倒也相安无事，渐渐就放松警惕，有时反有一脚踏空的感觉，甚或还隐隐有几分遗憾：贴面乃是"一亲芳泽"的良机，缘何竟无其事？

——也许就因这不安份的一念之闪，才应了古白话小说中所谓"合当有事"。这天正与宿舍中七八人同在餐厅里吃早餐，见一名唤塞莉娜的法国姑娘施施然而来。塞莉娜对外国人颇热情，但平日并不行礼，连握手也不（在法国似乎只有在很正式的场合才见女子同人握手，而且多为中老年，年轻女子则若不贴面，说声你好作罢），今天不知怎么行起大礼来，而且见一个灭一个，也不管什么内外有别了。我坐的地方距她来处最远，起初尚暗存侥幸，指望她半途而废。见她贴到荷兰人戴维了，我还在想，荷兰离法国不远，而且戴维来法已五年，部分已经同化，她大概是同胞视之了。可紧接着见她贴了刚果人悉德尼、罗马尼亚人保罗，便知大事不好：以某种理论划分，这二人与我同属第三世界；论来法时间长短，保罗比我来得更晚。看来塞莉娜今天是抱定"一个也不能少"的宗旨了。

贴，还是不贴，这是一个值得考虑的问题。遇礼俗不同，理当双方斟酌，可是为主的一方从来只顾自家热情。比如国内有些地方的席上劝酒，被劝者的感觉大约就与我此时相仿，一是"盛情难却"，二是消受不起。当然一方行来若无其事，也自有他的好处，若两方都首鼠两端，蝎蝎螫螫，就更其尴尬。总之我是别想"全身而退"了——不贴，抢先伸出手去握，失礼，让对方难堪，亦且不自然；贴，自觉别扭，很难不显笨拙，做得自然。

是故，贴，不是；不贴，也不是。正犹豫间，已遭其贴。

个中滋味可以不问。温馨？一点不知。香艳？半点不觉。当其时也，虽非"五雷轰顶"，已是"麻木不仁"。——非我无能，盖因事起仓促也。

青年旅馆

青年旅馆（YOUTH HOTEL）最先在欧美出现，可说是舶来品。"青年"不是某家旅馆的名号，乃是一种类型，面向年轻人，也由年轻人管理，带有公益性质，不以赢利为目的，因此价极低廉。我在欧洲旅行时，胃口太大，要去的地方太多，常感到囊中羞涩，虽早已不是青年，却也时常混迹其间。这在早先是不行的，入住要出示证件，过了岁数便要被婉拒，但不知何时起，绝大多数已实行"门户开放"政策，有教无类，来者不拒，于是在青年旅馆里可见满头银发的，也遇到过拖家带口的。

毕竟已届不惑之年，纵或没有年龄歧视，概以青年目之，自己心中也还有代沟存焉，看年轻人相互攀谈笑闹，总觉已是别一世界，而且对众人同宿同眠打成一片的盛况早已不习惯，故我总是瞄着单人房间。这在一些青年旅馆是有的，所谓SINGLE ROOM。通常是很狭小的一间房，一桌一椅一床，别无他物，入厕、洗澡都要到外面去，但是整洁、干净，而且安全，关键是还极便宜。一般旅馆的单人房，怎么也得三四十，威尼斯这么个寸土寸金的地方，居然也可在青旅中觅到每晚二十五欧元的单人间。那一次的确是幸运，在我前面排队等着入住的有三四个拎着小山也似旅行袋的年轻人，并非一伙，却没一人要单间，而一个床位与一间房的差价，不过三四欧元。足见可节俭的时候，他们真是节俭。

但是这样的好事不是回回都能碰上，事实上青年旅馆设单人房的并不多，通常都是宿舍（DORMITORY），一间房里住三四人到数十人不等。我见到过的最"宏大"的场面是在维也纳的一家，按床位编号判断，一间大房塞进了四十多人，一概上下铺，除了床还是床，比宿舍还宿舍。这让我想起大学时代的生活，不过欧美的大学通常是学生自去租屋居住，而当年我们的宿舍满员时亦不过八大金刚，所以更恰当的联想应是旧时旅舍中的大通铺。

入住者多是背包族，宿舍中最触目的景观便是纷然杂陈的旅行包，隐于床下者有之，置于床头脚后者有之，见缝插针横于道上者亦有之。虽是群居一室，倒不闻众声喧哗，西人养成的好习惯，公共场所绝对悄声敛迹，有人坐床头研究地图，有人蒙头大睡，待十一点熄了灯，

真正的背包族，青年旅馆里常能见到的能征惯战之辈。

倚床攀谈者也必将声压低再压低，变作窃窃私语。无如醒着的人固然有以自处，已入梦乡者却再无禁忌。黑暗中只听鼾声四起，就中有一位，呼吸周期异于常人，必待气沉丹田，这才一吐为快，说他声震屋瓦有些夸张，余音绕梁则是恰如其分。我因此辗转反侧，一夜难眠。

　　这还只是不适的一端，另有一样是，入夜时分，户外清气上升，浊气下降，室内反之，清气下降，浊气上升。洋人体味重，汗酸之外，更有一味，叫作脚臭，我下铺睡着一位，小船也似一双鞋，只觉其异味蒸蒸而上。众人都是洗了澡的，然而体味稍减，脚臭难除，着鞋时尚不觉，一旦除下，无遮无拦，直如醍醐灌顶。春寒料峭，还烧着暖气，门户紧闭，种种气味盈室满屋，越显深浓，倒让我对"人气"二字，大有所悟。倘有心情怀旧，却也有一份亲切，那岂不就是典型的男生宿舍味道？

　　但比作男生宿舍其实不确，因这大房间里也有若干女生。欧洲青年旅馆的宿舍有分男女的，也有男女混住的。后一种想是管理者要提高房舍利用率，不让床位闲置。若在网上预订，都是注明了 MIXED DORM 的，但我住旅馆都是现找的，不明就里，推门进去，见有女的坐在床上，不免诧异，起初还以为是女生跑过这边找男朋友聊天，其后又见几位女生钻被窝里去了，才算是明白过来。他们是惯了的，早已习以为常，女的宽衣睡卧，毫无忸怩之态，男的视若无睹，只当全是中性。我只能说自己少见多怪。但那一次是打入众人堆里，并无多少异样感觉，在布拉格那一回，却真正是尴尬。

四月下旬，并非旺季，在布拉格这样的旅游重镇，廉价旅馆居然手到擒来。我寻到的这家青年旅馆只有六人宿舍，并无单间，但时间已是晚上八点，人困马乏，也就将就住下。推门进去，有意外之喜，因房中空无一人，到附近转了一圈回来，仍不见有人入住，寻思这偌大房间今夜由我一人盘踞了。不想过一会儿有人驮着旅行包进来，却是个女孩，长得人高马大，双颊红扑扑好似脸上就写着"健康"二字。大约健康的人多热情，不待我开口，她便自报家门，说是柏林人，学建筑的，刚游了萨尔茨堡过来。接下来当然是问我来历，又说柏林近来变化如何大，劝我应去那里一游。如此有来言有去语，虽然双方说英语都不灵光，却是相谈甚欢。如此说说话，倒也并无不自在，无如到这儿第一义是睡觉，而一到睡觉，方觉事情有些不妙。那女孩洗了澡回来，汗衫大裤衩地往我对面床上一坐，还礼貌地问睡那儿可不可以？想是那床靠窗，她拿的号却不是那床位。有什么说的？当然是 YES，YES。

嘴说 YES，暗呼糟糕。当时我的窘境好有一比：大学时体育课上学游泳，有位农村同学换了泳裤从更衣室里出来，一眼看见泳池

1. 维罗纳的一处青年旅馆，设在老旧的深宅大院。　　2. 欧洲的许多小旅馆设施极简单，但整洁、干净。

里许多光胳膊光腿的女生，事出意外，猝不及防，当下惊呼一声，掉头便跑。我尚属镇定，一女当前，尚不至抱头鼠窜，但也就觉得气氛有些不对。真正是境由心造，那女孩行若无事，管自钻入被里睡了，承她关心，临了还问一句，你现在不睡？但是叫我如何睡？首先要从容入被就是难事。她是有备而来，早已结束停当，那T恤短裤都是可以见人的，我虽有棉毛衫裤护身，却似乎属于内衣性质，异性面前宽衣解带亮出来，终是不雅。如此进退两难，那女孩已睡下多时了，我兀自衣冠整齐正襟危坐做读书状。直到料定女孩已入梦乡，这才关了灯暗中作业，钻入被中。

但问题也不是就此全部解决，睡下是一事，睡着又是一事。苍天可鉴，本人决未见色起意，心猿意马，而且以如今时髦的词说，那女孩亦不觉"性感"，只是此种经历前所未有，因想西方人真是开放，现在国内的大学已不讲究什么男女大防，校园中男女生耳鬓厮磨、肌肤相亲亦听之任之，但那限于别处，宿舍就要严加防范，男生进入女生宿舍难如登天，受盘诘之外，还要领略老大妈的眈眈虎视。这边倒好，孤男寡女独处一室亦不过问，岂止是不过问，简直就是教唆犯罪。出了事谁负责？——当然，这么多青年旅馆，也没听说出过什么事。

那一夜不知何时入梦，总之，一宿无话。

被　子

近现代有两位精通洋文而又喜同洋人抬杠的人物，一是辜鸿铭，一是林语堂。辜鸿铭力挺国粹是不用说了，林语堂虽是脚踩两只船（所谓"两脚踏东西文化，一心评宇宙文章"），然胳膊肘朝里拐，还是褒扬中国的时候为多。不单标榜中华文化中之荦荦大者，如道家的哲学，而且在种种可统名为"生活的艺术"的细小方面，也一以贯之地秉持中国优越论，比如抬举线装书而贬低洋装书，扬长衫而黜西装，等等，等等。

但他似乎没有说到被子。

这里所说被子，是笼统言之，棉被、羽绒被，乃至毯子，凡睡觉时身上遮盖之物，都在其中。论花样，中西没有什么不同，都是这些，相异者过去我们有被里被面之分。被里大于棉胎，四面包起，却并不合围，上面中央位置自有被面坐镇。被面小于被里，颜色不同，图案各异,兼有装饰意味。棉胎、被里被面要合而成为被子,过程颇为复杂。犹记小时大人叫去帮忙,先择一大床,二人拉了被里四角平铺其上,而后是棉胎居中,被面就位,一层一层要铺得平展,位置还得恰当,而后才将被里被面四面缝合,否则弄出来不成样子。隔段时间洗一回,先是拆,再是缝,委实大费周章。

洋人的被子是被里被面连为一气,或者干脆内外兼修,不分彼此,反作正时正亦反,是为被套。被套大开方便之门,棉胎毛毯之类往里一塞,拉链一合或绳襻一系,提起两角奋力一抖,被子便告组装完毕。但洋人用被套似乎也是晚近的事,《美国传统辞典》QUILT(被子)条释云:"被褥是由两层织物与中间的一层棉花、羊毛、羽毛或绒羽制成的床罩或毯子,通常以一种装饰性的十字压针脚紧密地缝合在一起。"可见过去也是缝合,而且好像缝得更讲究。不管怎么说,用被套目下已是中西同风,国内很早以前是医院里用,其后也许是宾馆招待所,再后是城市人家,最后及于乡村。被里被面演为被套,美观上或者稍逊,方便则不可置疑。我念大学时尚在前被套时代,每到洗被之时,不少异地读书的男生被逼无奈做女红,应对无方,端的举针为艰。现在简单了,套被子男生也可应付裕如。倘若被套确是洋人的发明,在这上面,我就是坚定不移的西化派。

但被子的合成法只是一端，中西之异更见于被子的运用。当然都是盖在身上，如何盖法却是各不相同。最怪异者莫过于根本不用被套，以一大床单托了毯子，连被单带毯子三面掖到褥子下面，留下朝枕头的那边，被单超过毯子，入睡时就从那头钻入——以中国人的标准，也许根本不能叫作被子。一九八〇年代我第一次住宾馆，就因找不到被子茫然久之。揭了床罩露出掖得服服帖帖的毛毯，我哪知此即西式被窝，只道服务员粗心，忘了铺上床单。但是被子却在哪里？同房的一位也不知就里，又都是初入所谓"高档场所"，生怕露怯，"下问"深以为耻，遂不问。然觉不能不睡，睡则不能无被。商量半天，终于壮了胆了揭开毛毯，不道下面又是床单。如此看来，当是以毯作被了，那被单又有何用？而且我们那边的习惯是盖了被子仍有寒意才在被上再覆毛毯，二人百思不得其解。所幸最后意外在衣柜里发现了被子，这才得其所哉，终于睡成一觉。此后但凡入住宾馆，第一事便是翻箱倒柜搜出被子，揭了毯子扔过一边，而很长时间里，是否如此铺床叠被，也成为我判定何为宾馆何为招待所的一个标志。

然而得过且过，对西式被窝的奥秘未尝深究。没想到到了国外，被子再度成为疑问。这回是住在法国学校的宿舍里，真的没被子了，床上只有被单一张，毯子一条。于是乎，向管理人员讨要，比划半天，结果是再得毯子一条，再比划，对方耸肩摊手，显然表示已是仁至义尽，爱莫能助了。回房间对着毯子发楞，这里不比宾馆，有人伺候，被单毯子都叠起来摆着，即使像宾馆里铺好的那样，我也不知如何钻入其中。起初想将毯子连同被单叠成被筒模样，无如被单自被单，毯子自毯子，水米无干，难成一体，总也不能服帖。最后只好将被单往身上一裹，毯子往上一搭，将就睡下。被单单薄，毯子不凑身，而且毯子与被单磨合不佳，便或颈边或脚头，欺上身来与我磨合，毛扎扎戳得难受。如此被单毯子里长外短的，睡了一个多月，但凡睡眠不好，我皆归因于这不是被子的被子。

直到很久以后出游意大利，在青年旅馆与人同宿一屋，我才将那西式被窝瞧了个十分光。同屋之中有一西班牙人，抱了卧具进来即大肆铺床叠被，说"大肆"盖因床上是席梦思，要将被单塞到下面，他动静又大，与我们的展被动作比起来，真有揭地掀天之势。整顿已毕，那人便由床头那面钻入其中。我于是茅塞顿开，宾馆疑问到此涣然冰释——原来如此，相当于中国人的被窝。

了然了，对洋人的睡法却是不以为然。这洋式被窝规矩太大，睡在里面，仰躺着是一副寿终正寝的样子，侧身睡时，那被窝虽是牢不可破，颈脖那一段却是留下老大缝隙，因两边都塞入垫下，不依不饶撑持住，藏不得也掀不得。有点动静，更是麻烦，翻身要受禁治，下床不能撩开，只能"原路"进出。哪像中国人的被子，曲伸自如，宛转随人？因想我们的被窝如长衫，六经注我，随物赋形，西式的被窝如西装，是我注六经，俯仰由被。前者人被合一，不分彼此，后者人被分离，人是人，被是被，好似西方哲学中的二元世界。

睡在这样的被中，很难有中国人那样视睡如归的惬意相吧？职是之故，在明白了西式被窝的所以然之后，我仍然坚不就范。

洋人喝茶

我只知道在英文里 CHINA（中国）是瓷器，最近却在一本书上看到另一说，说 CHINA 原本是茶的意思。考证得有鼻子有眼，不由你不信。究竟如何，那是专家的事，不过至少就现在的情形看，茶似乎比瓷器更有资格充当中国的符号。洋人来中国，回去时几乎肯定要带些茶叶馈赠亲友，背瓷器回去的却是少而又少。携带不便只是原因之一，更关键的是，瓷器在西方早已大量生产，质量并不比中国的差。

欧美国家也产茶，茶叶他们是不是有，我就不敢断定。洋人商店、超市里卖的都是一盒一盒的袋泡茶，袋里的茶都是碾成末的。但茶既是从中国传入，想来刚开始洋人喝的也是叶状的茶吧？英国小说散文里，常写到喝下午茶的情形，少不了提到精致讲究的茶具，细瓷或银制的壶里，总不会装着茶砖或是高末。

英人的下午茶比我们喝茶隆重得多，茶里或加糖，或加奶，器皿弄上一大堆不算，喝时还要配上糕点三明治。喝茶时穿着既要得体，又要有一份闲情，所以一直是上流社会才玩得起的风雅事。现在洋人喝茶已然平民化，咖啡店不用说，像学校餐厅这样的地方也有供应，价钱和咖啡差不多。但若在别处喝起来，比我们就要添道手续。茶须热水冲泡，洋人平日喝得却是凉水，要喝茶就得现煮。烧水使的是咖啡壶，每次只烧一次饮用的量，水壶、热水瓶照例是没有。热水倾入杯中，袋泡茶放进去晃几下拉出来扔掉，喝完拉倒，绝对的一次性。不论店里家里，续水的事是没有的。

有次我在宿舍公用的客厅里看书，边看边喝茶，喝完一杯又去加水，同住一楼的老外正好撞见，立时面露诧异之色，问我茶是可以反复冲泡的吗？我告诉他我杯里的是茶叶，经得住泡，而且要多泡几遍味道才出得来。他听了将信将疑，我便送了他一小盒茶叶，让他自己试试。过几天又碰到，问他爱喝吗，回说非常喜欢，却又问我一个新的问题：茶叶喝进嘴里怎么办？吐掉呀，我说。吃下去不行吗？他很有些紧张地问。我知道他不是随便一问，肯定是吃肚里去了。于是向他保证，吃进去也绝无害处。他听了顿觉释然，释然之后，他开始对中国茶表示不满：既然不吃下去，为何不像他们一样，做成袋泡茶呢？我听了好笑，心里说，咱们好一点的茶，谁舍得弄成高末？

　　大概是这老兄把喝中国茶的冒险经历对同楼的其他人说了，以后众人聚首时，有几位便向我问起关于茶叶的问题，我自觉应为弘扬中华茶文化尽义务，便把什么红茶、绿茶、花茶，什么新茶、陈茶，什么喝绿茶不单要品茶的味道，还要辨茶汤色泽，观茶叶形状之类，大说了一通。讲演之外，我请他们一起喝茶，又将茶叶每人分送一点。

　　想来他们对我中华茶文化之博大精深必是有所体悟吧，我不知道他们把茶叶拿回去如何处置，但不敢草率从事是一定的。因为第二天就有人来问我，每次喝茶茶叶应该是多大的量。显然被这问题困扰的不止他一个，刚才还有人问他，昨晚我在每人杯中，究竟放了多少？

何处吸烟

到了国外，就觉得中国的烟民真是幸福，什么地方都可以吞云吐雾。国内的烟民，当然也受到围剿，形势却远没有欧美那么严峻。首先是烟的价格数年如一日，不像欧洲，逐年地上涨，在法国，几乎半年一个价，一包万宝路，前年两元五，今年四个欧元已经打不住。

更糟的是，烟民的领地一点点被蚕食，越来越多的公共场所，开始对烟民说不。倒是最大的公共场所可以为所欲为，我指的是户外——若想吸烟，出门自便。大约就为这缘故，法国露天的公共场所，不拘公园、广场、草坪还是街道上，常是一地的烟头。见人随地吐痰，法国人必是面露鄙夷之色，杂物果皮，他们会收拾干净，掷入垃圾箱，唯有烟头，扔的人无所顾忌，看见的人习以为常——室内既不许吸烟，你总不能要求抽烟的人在户外也随身带着烟灰缸。

从健康的角度考虑，吸烟百弊而无一利，换作审美的角度，那就

欧洲的烟民，似乎女性多于男性。

另当别论。法国女性吸烟者为数众多，关在室内，瞻仰者少，未免可惜，移到户外，马上就是都市一景。遇晴好天气，办公楼外，教室门前，总可见到不少的女烟民，课间休息的女学生，出来放风的女秘书，三三两两地闲聊，通常是抱臂而立，一手擎烟，姿态莫不优雅。巴黎街头，更是养眼。记得中学时与人研究"女郎"二字，有位见多识广的女生坚称，唯法国女人可称女郎，我国女性，甚至彼时颇受欢迎的朝鲜片中的美人，都不能算。此言一出，众人虽有疑问，却也不敢不服。盖因"女郎"二字似与"摩登"关联，我们虽对法国一无所知，却认定那是摩登的化身。法国女人，自然要往摩登里想，想象之中，法国女郎细长的指间，又还例须挟香烟一支。实地考察，也算是应验，看衣着入时的女子行在道上，不疾不徐，且行且吸，青烟随身飘散，端的别有一种妩媚。

然而眼福是眼福，实惠是实惠，户外抽烟，虽是天高地广，可以直抒胸臆，阵阵风来，烟缕出口即散，到嘴不到肚，却终是不爽。好在当局并不赶尽杀绝，室内总算还有些特区。咖啡店多不禁烟，因此常见烟雾缭绕。小酒馆如PUB之类，抽烟更是过了明路的，晚上走进间灯光昏暗的酒吧，浓云密雾之中，到处都是红星闪闪。餐馆禁烟的不少，不过也有些设有吸烟专座，奇的是禁烟区和吸烟区常常并无阻隔，烟雾升起，还是大家共享。

　　采取隔离政策的是在火车上，一列火车总有几节吸烟车箱，若是一节车箱内有两个世界，那便中间设卡，一道门将车箱分作两截。高速列车例须订座，买票因此多了道手续，一等二等之外，还要回答是吸烟座还是无烟座，虽是未免繁琐，但是不必戳在车箱接头处的方寸之地向隅而吸，靠在软座上便可吞吐开合，何等的惬意！也只有在那时，才觉人家对烟民，某些时候比我们这边要人道些。

洋人不晒衣？

　　刚到法国那一阵，没事就喜欢走街串巷，因为什么都觉得新奇。有一回不知怎么就转到一片居民楼中。在欧洲，中等以上人家都住二三层的小楼，相当于我们这边的独栋或联排别墅，除非大城市里的高级公寓，五层以上的楼房都是供收入不高人家使用的经济适用房，往往要申请才能租到。我逛到的这片房子就是，火柴盒式，与我们这边的多层住宅大同小异。但站那儿张望，总觉有点异样，却又说不出哪儿不对头。直到晚上洗衣服才幡然猛醒：晴天丽日之下，每栋楼都光秃秃的，没见一件衣服晒在外边。

　　这感觉是由对比而起，我们这边晒衣是普遍的，有时简直就是一景。上大学报到那天，就被晒衣景观"震撼"。那次是从宿舍区大门进去，迎面就是学校最大的一栋宿舍楼，是女生宿舍，当时似乎全校女生都住在里面，大晴天，每个窗口都在晒衣服，层层叠叠，充塞眼眶。从外套到内衣，从床单到被子。"文革"刚结束，"蓝蚂蚁"的恶谥还顶在头上，衣裳依然灰蓝单调，然而加上被面、毛衣、棉毛衫裤之类，便花花绿绿起来，在风中招展。并非没见过晒衣，这一回因是劈面相迎，又非同寻常的"壮观"，故而印象深刻。以后每每经过，只要天气好，这一景总在那里，同学间常开玩笑，说那是万国国旗。

这么说多少有讥其不雅观的意思。什么都亮出来示众，的确是不雅。李商隐《杂纂》里有所谓"杀风景"的六事，其一是"花下晒裈"。裈是内裤，换了外衣，是否就不算"杀风景"他没说，特特举出内裤，想来还是内裤事涉不净，与花的美好（所谓花前月下），太不谐调，倒不是出于保护隐私的考虑。倘晒在户外别的什么地方，当然不成问题。不过大体上说，国人在晒衣上的"公开性"，远非西人可及。

也许是对他们的保护隐私印象深刻，就连不在外面晒衣的原委，我也归到隐私意识上去。不过这也得有条件，中世纪他们也和我们一样，是地方就晒衣，如此这般，想来是现代化以后的事。否则就算要秘而藏之，不拿出去晒，衣服怎么得干？北方空气干燥，房间里晾也能晾干，南方湿度大，就非晒不可。不过外部条件之外，我怀疑习惯也是一个因素。过去住房逼仄，衣裳晒在户内人就动弹不得，现在居住条件改善，好多人家有封闭阳台，采光甚好，原就有晒衣的功能，可多数人还是宁愿晒到外边去。

我有亲戚住在一高档小区，那小区为维护其高档，曾有一禁令，不许安装晒衣架，而且不许以其他方式将衣服晾晒于外，以免有碍观瞻。小区里顿时怨声四起，像国人通常的做法，牢骚之后大家开始不声不响探测"政策底线"，先是小打小闹，在阳台与靠近的窗台之间担根竹竿，权充临时晾衣架，到后来就正经装晒衣架，个别行动发展到集体行动。有道是法不责众，屋管方面也就睁只眼闭只眼了。

这是早先的事，现在小区至少高档小区的管理趋于正规化，住户已然就范，而住高层的人不得已而开风气之先，率先改了晒衣的老章程，由户外转入了户内，因为高层住宅都是封闭好的阳台，违章的玩意儿，绝对禁止。可见老习惯也不是绝对改不得。只是不少年纪大的人就是觉得不爽，虽只一层玻璃，终是隔，全然暴露在阳光之中，随风招摇，那才是真正的"晒"。我母亲就抱怨，晒在里面，就算阳光充足，也"干不透"，在外面大太阳下一晒，就"脆蓬蓬"的。她还用过两个极传神的词，形容晒与不晒的差别，因是方言，有音无字，没法转述，译成普通话，大意应是，不"晒"，衣服是蔫的，"晒"了，就精神。

按照这个标准，"晒"字在西人那里就该取消，除非不指晒衣物，指晒人——日光浴什么的，那劲头倒是我们再也比不了的。他们根本不晒衣服，就连那种将就的"晒"也没有。我因那次的"发现"，有次到法国人家里做客，居然还留意了一下。结果发现没有任何晒衣的迹象，不要说窗前没有晒衣架，屋里也没地方。问了才知道，他们的衣服都是烘干的，衣物出洗衣机径直就进了衣柜。中间有道程序，是上熨衣板熨烫，里里外外、大大小小的衣物都熨上一遍，这才到衣柜里就位。

于是想起高档宾馆，照例设有洗衣房，却未见过晒衣的。所以单从外面看去，洗衣这档子事，好像根本就未发生。西方人在隐去生活细节上，确有一套，不像我们，全摊在外边，随便走进一小区看看，若是大晴天，家家晒衣，琳琅满目，长垂短挂，全堵在阳台上，倒真成了"封闭阳台"，一个阳台就是一透明或敞开的衣橱，又兼裤衩、胸罩、袜子之类一概高高挂起，真比开了衣橱还一目了然。

洋人不晒衣是拜科技先进之赐，然而带烘干的洗衣机，我们这边好多人家也早已有了，却是形同虚设，除非应急，难得一用。要说怕费电，法国的电费也挺贵，可见还是晒衣服的概念深入人心。也有说我们这边电压低，烘干机烘了也是半干不干。其实从他们的洗衣机里出来的衣服，虽是蓬松些，也还带些水分，还须熨烫的工序。我在法国住的宿舍楼每层都有一洗衣房，住客并非每位都随身带着熨斗，洗过的衣服干不透，只好挂起，却不拿回各自的房间，就在洗衣房拉根绳子，确切地说，不是晒，是晾，让我想起过去阴雨天家里晾衣服的情形。即使是晴天，衣服也不会拿到外面去的，甚至窗户都懒得打开，照我们的说法，都是"阴干"的。

有一段时间，我以为已然可以下结论，说现在的欧洲人已杜绝了晒衣物。虽然在描写一九三〇、一九四〇年代生活的电影里似乎还有晒衣的镜头，而二战片里的战地医院还大规模地晒，但那是过去。我曾在一法国老太太家住过一阵，发现她有时也会在院里支个架子晒衣服晒被子，但她先生是中国人，她说是学来的，而且是在院墙里面，所以另当别论。甚至何以洋人不晒衣的问题，似乎也有了答案：洗衣设备普遍先进之外，关键还是习惯，这习惯又与隐私意识相关。

后来游南欧，发现我的结论不大靠得住，在意大利、西班牙、萄萄牙的城市，都见有户外晒衣的，虽然不像我们这边家家户户晒得大张旗鼓、轰轰烈烈。印象最深的是在威尼斯，转悠到一片老旧房

威尼斯深巷里的晒衣场景。

子，天井窄巷间，居然拉起道道绳子，衣服床单都在外面晒，正逢意大利国庆，好多人家都挂起国旗，衣裳被单在风中与国旗一同招展，若不是国旗，真恍如进入了上海的弄堂。想来晒不晒衣多少还是与地域、气候有关。

西人不晒衣说至此似乎不攻自破了，然而我还可以做另一条强词夺理的辩护：南欧人原本好热闹、喜群居，隐私意识不像北方人那么强，北方人对南欧人的文明程度向来评价不高。比如南欧人说话高喉大嗓，似常令北方人报以鄙夷之色，到处晒衣，或者也会让他们讪笑吧？

我是没资格嘲笑的，也不以为有必要上升到文明与否的高度，习俗而已。当然，有时觉得不雅，不过晾晒于外的衣服也像乱轰轰的菜市场，见到就似呼吸到一种现代生活中已渐趋稀薄的市井气，或如另一种说法——生活气息，有时也有一种亲切感。

关于领带

我一直没弄明白何种场合应打领带，何种场合可以赦免。

以任何方式划下道来，人群都可一分为二，比如戴眼镜的，不戴眼镜的；抽烟的，不抽烟的。那么，就领带说事儿，也可分作喜欢的，讨厌的。我显然属于后一类。推崇领带者言之凿凿：领带是构成西式完整着装不可或缺的部分；领带可以衬出男性典雅、端凝的气质，甚且可以突显个性。这两条我以为都站不住。我们的着装早已西化了，绝大多数人穿的都是广义的西装，西装不说，茄克衫、Ｔ恤、衬衫、休闲衫，哪一样不是舶来？除了正式的西装，不打领带倒是常态，而且就是西装，不打领带也常有，至少在我看来，未见得就不"完整"。至于"个性"云云，就更是可疑，到大公司去看看，白领齐刷刷西装领带，不是制服也像制服，"个性"是有异于众，"正式"格局既定，"个性"云乎哉？

然而不喜归不喜，有时候还是不能免俗。并非打领带者便"俗"，是不喜而又不能从心所欲者，不能免俗。何不自适其适呢？因为有"正式场合"。"正式"是西装领带的绝对理由。

　　一般说来，"正式"与"自在"不能两全，领带兜脖子将人一举套牢，似乎就是"正式"的化身。问题是场合之正式与非正式，其间的分际颇难把握。这时候就见出所谓"态度决定一切"，确是至理明言：喜欢打领带的，常把未必很正式者理解为正式，不喜领带者正相反，往往把正式弄得不正式。话虽如此，不得不理解为"正式"的场合总还是有的。我平生只打过一次领带，是在北京人民大会堂参加一套书的首发式。丛书中有一种是我协助老师编辑的，老师患病，委我代表出席。人民大会堂在媒体上向以"庄严"修饰，而且我是代表老师，自然不敢造次，不免也就庄严起来，其外在标志是打了领带。个中滋味，一言难尽，笼统地说，是有一种沐猴而冠、粉墨登场的感觉，就像扎了长靠走在大街上。旁人也许不觉，我却是百般不自在。躲避难受是人的本能反应，这以后领带便在衣橱里高高挂起，再不理会。

　　几年后有个中法国际会议在南京开，我也敬陪末座。开幕的头天晚上，法国大使从北京飞过来，在希尔顿宴请与会代表。大使代表官方，官方在西语里与正式就是一词，我应该意识到这一点的，然而竟没有，牛仔裤茄克衫地就跑去赴宴。大使、大使夫人站在宴会厅门前欠身与来者一一握手，全套的主客之礼。当时就觉不妙，进到里面见法方人员男着西装女着礼服，莫不正式到家，我尚心存侥幸，巴望同胞不似法国佬拘于礼节，总有一二如我这般掉以轻心者，然游目四顾，我方人员也都冠戴齐整，不论质地好歹、是否名牌，男的都穿了西装，而且无一不系领带。虽然并无众目睽睽，也觉得不合时宜，好似野蛮人不小心闯入了绅士太太的客厅。那一次才悟到，领带乃是正式到什么程度的一个标尺，此其一，其二更重要：西装领带固然不自在，有的时候，有的场合，没了这身行头，同样叫你不自在。真是有一领带，天下从此事多。当然若无领带，必又有别样的"正式"发明出来，人对"正式"的要求，怎么也要在着装上有所体现。

有了这一回的教训，以后就留神了。再一次有领带意识是大前年在法国，中国大使馆的教育参赞到我任教的大学考察，校方引着参观，我在那边的上司金丝燕君让我也去陪同，我的身份也不知算主还是算客，反正"正式"是必要的。之前她就嘱我穿得正式些，想来是看我平日太随便。我的理解，这是要系领带了。回去就将西装套上，再寻出领带时却傻了眼，盖因多时不曾"正式"，几年前辛苦练就的打领带技艺，早已荒废。比划来比划去，难得要领，系起来领口横竖是个莫名其妙的大疙瘩。最后不得已，西装里面穿了件高领毛衣去见金君，问她行还是不行。金君也许觉得我较平日在"正式"方面已算大有长进了，当即首肯。但是六月份跟金君一起到里昂三大去做个讲座，却再无便宜可讨，这时气温已高，高领毛衣早穿不住了。

照说讲座也就是上课，似乎也用不着多么正式，但前一年到马来西亚上课，曾经小有尴尬。去之前已有同事相告，要带些正式的衣服，我也照办了，舍 T 恤而着衬衫，下面平日的短裤休闲裤改作西裤，三十以上的温度，还能怎么样呢？我以为这就算正式了，不想在那边恰好遇上开学典礼，主人邀请参加，而且主席台就坐。更没想到主席台上的男士大多穿西装，少数着衬衫者项上也定有领带一条，因想领带确有妙用，可在不着西装的情况下将非正式化为正式。我偏偏没有，一人敞着领口在上面如坐针毡，深觉失礼。去里昂不会遇到类似场合，但法国人是很讲礼数的，谁知会怎样呢？礼多人不怪吧，遂特地携了领带上路。途经巴黎是在同事李晓红家过的夜，她尽老大姐之责，从我旅行包里搜出那条已然皱巴巴的领带，细心熨烫一过，我亦临时抱佛脚，向她先生请教打领带之法。如此这般，第二天登车时我已信心满满，自觉着装礼仪方面，已到兵来将挡、水来土屯的境界。

然而事情往往有出于意料之外者。里昂三大的中文系主任是英国血统，曾在北大留学，有个中文名字叫"利大英"，五十来岁，一口流利的汉语，还带点京腔，人极随和极风趣，穿着似也很随意，那天大热，他穿了件短袖衫，而且是比较休闲的一种，研究中国当代诗歌的，似乎也沾些诗人气，不像教授学者，更多几分文人的洒脱不羁。这样一个人，一见之下，很难提醒我法国的礼仪又或"正式"，我也就把领带之类忘诸脑后。直到下午又要在讲座的地点碰面，才忽地又想到礼仪问题，回旅馆去取已来不及了，惶恐地问金丝燕如何是好，金君安慰道，没事儿，没事儿。

果然没事。是小型的讲座，十几个听众多是中文系的研究生，还有几个年纪大的是校外来的，对中国感兴趣。利大英还是上午见面时的短袖衫，简短的开场白后也去下面落座，朝我狡黠地眨眨眼，算是再打个招呼。讲座气氛很轻松，三小时过去，我和金君讲完了，提问也告结束。晚上利教授请吃饭，直接从学校散步往老城一家餐馆去。此时公事已毕，"正式"的一页也揭过不提，里昂又号称法国美食天堂，就等着品尝法兰西美味了，好不自在。一路上且行且聊，不觉间已快到了，转过一个街角，利教授指了不远处一家老旧却灯火萤煌的餐馆道：就是那家。再往前走，只有十步之遥了，他忽地停下，说声对不起，即从公事皮包里变戏法似地拎出挺括的领带一条，极麻利地系上，OK，就准备引我们登堂入室。敢情吃饭才是他们最正式的场合。我没想到他留了这一手，真正是措手不及。情急之下，我来了一番极笨拙的解释：其实是带了领带来的，一时疏忽，一时疏忽，就在住处。——好像深恐别人不信，立马要引人回去验明正身的架势。利大英听罢哈哈一笑，道：我是主人，打领带是对客人的尊重，你们是客，随意，随意。善哉，善哉！真是善解人意。

后来当真很随意，我因此还有闲情记住了几道名菜，比如一种盛在小碗里、混合了葱叶的山羊奶酪。

红灯区

在巴黎认识的一个朋友曾客串导游，带过几个国内的团，当然各是各的味，不过也有共性——都对红灯区充满好奇。有个地方剧团到阿维尼翁参加戏剧节，到达不久就有人打探，红灯区在哪儿？回说阿维尼翁是个小城，中小城市照例是没有红灯区的。问者听了便有几分不屑："什么发达国家？红灯区都没有！"似乎红灯区成了发达资本主义的象征。还有一个县的什么考察团是到巴黎的，可能因为都是干部的缘故，说要去，到了那里又都是目不斜视的架式，进了家性用品商店，朋友随手拿了本《花花公子》翻翻，等他们逛，不想那几位却站在他身后看，翻一页看一页，没一个自己动手。好像自己不碰就不算犯错误。"——这叫什么事儿！"朋友想起当时的尴尬，笑着摇摇头。

这些都是有天晚上闲聊时说起的。他这么一说，我倒有些不好意思，我还打算去开开眼哩。朋友说，那有什么？见识是该见识的。要不现在就去转转？原来巴黎红灯区就在蓬皮杜中心旁边一条街上，离我们住的地方不远，散个步就到。我没心理准备，似乎太轻而易举了点，总觉那该有点深入虎穴的意味。朋友调侃道，怎么，还要全副武装？你也没什么可武装的呀。于是说走便走，去了。

　　这儿是现代西方，我的红灯区模本则还是旧中国的妓院。都是从电影上看来的：街上人声鼎沸，妓女淫声浪语在拉客；大红灯笼高高挂，"玉春楼"、"丽春院"之类的牌匾；院中鸨儿指挥若定，将客人敷衍得风雨不透，众姑娘莺莺燕燕，一手里垂下手帕，神情谑浪在嗑瓜子……西方的红灯区应该也在影视里见过，却很模糊，印象里只是热闹、刺激。然而这条街一点也不热闹，和不远处饭馆、酒吧、咖啡馆云集的地方相比，毋宁说是冷清。冬天的晚上，也就八九点钟，一眼望去，竟没多少游人，霓虹灯稀稀拉拉，零零落落闪烁着，有似抛了没人接的媚眼。

　　我很觉意外，朋友道，并非有性趣的人少了，自从有了艾滋病一说，这里的生意便一落千丈，再没缓过劲来。看来"宁在花下死，做鬼也风流"的豪情，洋人还欠点。再者有了新的竞争对手，东欧那边过来的姑娘，又年轻又漂亮，多在巴黎郊区，人都吸引到那边

阿姆斯特丹红灯区，白天不是高潮，观光客依然熙熙攘攘。

去了。正说着，朋友示意让我看前边。不远处有一妆扮妖艳的女子，当然是性工作者了，却没有倚门卖笑的意思，有人走过，并不兜搭，兀自倚在门上抽烟。几家性商店还在营业，进一家去转转，无非色情杂志、性用品，还有出租录像带。店里只有一年轻店员守着柜台，百无聊赖地玩掌上游戏机，此外便空无一人。靠里面有一处下着猩红色的帐幔，朋友说，那后面是色情表演的地方。过一会帘子一挑，出来一女的，穿着暴露，妆化得夸张得吓人。不用问，这就是"演员"了。这女的瞟了我们一眼，就到柜台那边一边抽烟，一边俯着身子和店员有一搭没一搭地说话。显然是没生意。整个红灯区好像处在打瞌睡的状态。

我怀疑这一行大概普遍的萧条，因为后来到布鲁塞尔，情形也差不多。那已经是夏天了，我和家人参加了一个荷比鲁德四日游的旅行团，第一天夜宿布鲁塞尔，那家华人开的酒店恰好就挨着红灯区，斜对面就是一家性商店。我还开玩笑说，这回是掉进粉头堆里了。不想有人转了一圈回来，气哼哼地说："狗屁！一个鸡也没看见！"我也出去转了转，发现并不是他们有眼无珠，真的没有。

好在本来就在计划外，旅行团里几个刚从国内来的中年猛男心心念念的是阿姆斯特丹，那里的红灯区可是世界闻名啊！第二天还在往阿姆斯特丹的途中，那几位已然提前进入状态，在车上缠着导游问这问那。导游征求意见，下午的时间，坐游艇呢，还是逛红灯区。这时就见出性别阵线的明朗——女的一概要求坐游艇，男的大多要求去红灯区，没出声的也是心向往之。实话实说，我的首选是红灯区，不仅红灯区，我还想去参观性博物馆，据说那是展品最丰富的。可是哪里能够？还带着个六岁的小孩哩。

两派意见相持不下，游艇的钱是含在团费里的，不能取消，红灯区在男同胞心目中是此行的高潮，到了世界著名的性都不逛红灯区，不是入宝山而空手回吗？最后导游决定搞折衷主义，时间一分为二，一家一半。接下来是家庭内部的讨论，最最少儿不宜的地方，小孩怎么办？想出的一招是手机塞给她，让她玩上面的游戏，若遇紧急情况，她的眼睛又恰好不在游戏上，即大叫一声，指向一条宠物狗或鸽子什么的，转移视线。

红灯区就在运河边，不长的一条街，店面一家挨一家，规模都不大，一概与性有关，大白天的，也有不少霓虹灯亮着，到处可见色情招贴画，传出暧昧的音乐，仿佛皆夸张地写着"SEX"的字样。当然，将性的公开性演绎得活色生香的，还是那些真人秀的橱窗。与商店的橱窗无异，只是简陋，极狭小，大多是只有一个

巴塞罗那一处公园壁上的色情涂鸦。

西方人性的"公开性"并不限于红灯区的存在，杂货店里的围裙也有点"黄"。

平方，里面空空如也，顶多一把椅子充道具，有一小门通里面，卖春女郎就从那儿或赤身裸体或着穿等于不穿的一丝寸缕进到玻璃格子里，或站或坐，摆出挑逗的姿势。下午不是营业高峰，多数都空着，只有一两处里面有人。有一位坐在里面，也不摆POSE，懒洋洋耷拉着两手，眼神空洞看着外面，好像随便找了个地方歇息。真要是歇息，干嘛跑这儿来呢？也许是表示还正在营业中吧？也不知街上的人在看她，还是她在看街上的人。游人到这儿来，大约是想阅尽人间春色，她们呢？不比《日出》中的翠喜，阅尽人间沧桑倒也说不上，不过总是麻木、无聊吧？

那一回旅行团所有的男性大概都说不上尽兴而返，一则时间紧迫，二则晚上才真有热闹可看。我唯一看到的热闹是一位同胞在高喉大嗓地跟人嚷嚷，凛然一条大汉，东北口音，不通外语，却兀自不停高声地说，还用手比划，而且越来越慷慨激昂起来，总的意思是，想诈我，没门。虽如此，显然还在讨价还价。这才想起此前听说过的，这里过去的主顾主要是日本人、韩国人，现在大陆游客已成最大的主顾了。因为生意，据说这里的性工作者有些还能来几句简单的汉语。但那大汉的对手，一个瘦小的白人男性，显然不会，只是鸡同鸭讲地一直在进行着。这人是个什么角色呢？拉皮条的吗？性交易为何不在里面谈，讲价讲到了大街上？这是我一直没弄明白的。

晚上到了住宿的宾馆，团里几个兴致最高的跟导游商议，要杀回马枪。旅行社要压低价格，通常安排的宾馆远离市区，这宾馆距阿姆斯特丹总有几十公里。导游说要同司机商量，当然是钱的问题。问了回来，原说要去的好几个都嫌太贵，不干了。我的红灯区之旅，也因此终于没有高潮。

还有个尾声，是在大堂里遇到两位团里的热络人士在做回顾展——看白天用数码相机拍的照片，见我走过，拉了同看。拍了一大堆，无非就是看到的那些，无甚稀奇，正待敷衍几句走人，却看到一张有趣的——是对着真人秀橱窗拍的，里面没人，大概好歹是记下橱窗的样子吧，不想玻璃反光，成了模模糊糊的镜子，拍照者自己影影绰绰恰装在里面。因笑道："你这是拍谁呢，怎么把自己给照进去了？"

罢 工

　　据说法国人有两大爱好，一是爱度假，一是爱罢工。在法国一年，这两样都领教了。法国人度假的盛况及对度假近乎虔诚的态度，可以另说，对于我这样的外人，最新奇的还是他们的罢工。

　　罢工在法国实在是家常便饭，若是在大城市，隔三岔五总能遇上一回。罢工的理由不一，大到反对美国人打伊拉克，抗议当局延长公务员退休时间，小到拆除某个建筑，关闭某个餐馆。除了天太热，雨太多，似乎没什么事不能成为揭竿而起的理由。

　　"揭竿而起"当然是夸张的说法，刚到法国时我对"罢工"二字的想象尚停留在《红灯记》里李玉和闹工潮的阶段：捣毁机器、高压水枪、流血冲突、构筑街垒……碰上了才知道（其实早该知道），绝无这样的严重性。群情激愤的时候也是有的吧？但我没碰到。在里尔撞见一次游行，也就几百人的队伍，拖拖沓沓拉了好长，说笑的说笑，抽烟的抽烟，还有人牵着小狗，不看队伍前面拉着的横幅、向行人分发的传单，倒要怀疑这是在集体逛街或散步。以我的标准，这简直就不像个罢工的样子。

其实"罢工"并不等于游行集会，照字面解，应是拒绝上班之意吧？大多数情况下，罢了工的法国人并不走上街头，也就是呆在家里而已，照旧各干各的事，嗅不出什么紧张的味道。最能让你直接感到罢工事实的存在的，莫过于发现出行一下变得困难了。我到南部小城阿维尼翁旅游时，就赶上交通系统的罢工，想去马赛去不了，想回巴黎回不成，急得七窍生烟。这也是不懂行情有以致之，事实上，工会方面早把安民告示贴出来了，何时开始罢，罢到何时结束，说得清清楚楚。

候车室里虽是挤满了人，却没半点骚动不安。我已见过多次了，这种场合法国人绝对地心平气和，他们接受这点不便，因为没准明天自己就要罢。不平则鸣，而且谁都有权利"鸣"，这是法国人的信念。而且罢工见得多了，可说已是他们生活的一部分（我怀疑一年到头没有罢工，法国人反要觉得不正常）。所以此时若见有谁愤愤不已地抱怨，那多半不是法国人。

我的焦躁持续得也不是太久，因为发现铁路并不是彻底瘫痪。原

示威者所举宣传品左上角上是毛泽东的头像。

来法国人的罢工也是有理有节的——要让当局知道"不平"，但也有个限度，保持老百姓最起码的生活运行。再大规模的罢工，也还有火车在开，只是班次大大减少。现在的问题是，售票处已关闭，自动售票机也不干活，哪里去买票？最后我是带着罚款的思想准备登车的，不知要罚多少，一路心情沉重。这是我在欧洲乘坐过的最最拥挤的列车，过道里站满了人，没买票的也许不止我一个，但是检票员始终没出现。就是说，列车虽然还在开，检票的却是自顾自罢工去了。到了巴黎，我的免费旅行还在继续，因为地铁也在罢工，这一回我倒是有早就买好的票在身，可入口处的验票机拒绝检票。看着喜气洋洋排闼直入的人群，不知怎么觉得今天像个免费派送的嘉年华会。

如此这般的描述，法国人的闹罢工倒有点像儿戏了。事实上法国人也有严肃的时候，2002 年法国大选，右翼候选人勒庞闯入总统选举第二轮，整个法国为之震惊，于是有大规模的抗议活动，有中国学生告诉我，他们那些平日吊儿郎当的同学抗议时都伤心地哭了，那样强烈的参与感让中国学生颇感惊讶。当然这是风口浪尖的时刻，不过即使寻常的罢工，也自有其严肃性——扣工资总不是闹着玩的事——罢工是要扣工资的，当局允许你罢工，罢工就要付出代价，法国人觉得这很公平合理。没有不批准的，比如你在学校教书，某日准备参加罢工了，打个电话告诉校方，"明天我要罢工"，没有谁会拦着，也不敢拦。同时也没谁觉得扣了工资很冤枉。

当然，事关生活质量，法国人也表现出他们的理性，罢到揭不开锅绝对不会，弄到手头拮据也是不行的。因此会有量入为出的统筹安排，时间的长短，哪天罢哪天不罢，都有讲究。我有个在中学教书的法国朋友，是工会活动的积极分子，那一年正逢教育界大罢工，她找人印传单、与人商量行动方案，忙得不亦乐乎。但她在供两个女儿读大学，手头正紧，所以不可说罢就罢。法国中学教师不坐班，高级教师课少，不是天天有，某一天课上了，前面空着的一天或两天工资就照拿，于是她便择日罢工，将损失减到最小。看到她和同事商量罢工是件很有意思的事，这一天你罢，那一天我罢，里面竟有一种摆家常的风味。

罢工的严肃性也见于罢工者对原则的坚持。有天下午我由一法国学生陪着，到邮局去寄信，到那里发现门开着，营业员也在，却不受理业务，原来是从三点起，他们罢工了。这时三点刚过几分钟，原先排队的人尚未走散，邮局的服务戛然而止，众人倒也不恼，没见谁上前论理，急赤白脸大声质问的更是没有。奇的是，营业员并不急于清场打烊，有些顾客已然不存办事的指望，似乎一时也不急

意大利佛罗伦萨街头的示威者。

着离开，好整以暇隔着柜台聊开了，两造之间倒似有一种默契。

不由你不服，法国人真是优雅，放在国内，也许早听到咆哮之声了；法国人也真是能聊，这场合也能接上茬聊得兴兴头头。可我实在没有这份闲情，信要赶着寄出，不然怕误事，此外不通法语，让学生陪着来一趟也不易。就想，这些法国佬也真是，既然人在这，有聊天的工夫不就把事给办了吗？可惜在场的人中好像只有我一人这么想。

我让法国学生去向营业员陈情，强调我的事是如何刻不容缓（这是在国内遇类似情况不管是否奏效都会勉力一试的一招），学生好像面有难色，也许是难以向我解说法国的国情吧，但还是照办了。一位四十来岁的男营业员接待了他，低语几句，就见那人抬头看过来，于是学生招呼我过去，那人满面笑容与我寒暄，热情握手，请我在他对面的椅上坐下。而后是询问情况，待学生翻译了我的话，他兀自说了一大篇，这过程中他两眼一直直视着我，态度之诚恳，着实令人动容，我猜这是有门了。不想最后他站起身来再次和我热情握手，跟我说再见。

很茫然地再了见出来，学生这时才有机会给我翻译。也不须一一复述了，反正中心思想是，非常非常理解你的难处，但非常非常抱歉，我们现在是在罢工。我若有一种被耍的感觉，你大概不会觉得意外：不行就直说早说呀，费那工夫！

当然我心里也明白，那人绝对不是在耍我——和颜悦色，情辞恳切，那是礼貌；守定宗旨，决不通融，那是原则。

当　真

　　没到法国之前，就在《三联生活周刊》看到一篇报道，说巴黎当局那年八月份开始实施"巴黎海滩"计划，每年八月将赛纳河数公里最热闹的河岸改造成人工海滩，届时那一区域禁止机动车通过，有很多活动在那里举行。

　　此举是为那些没有经济条件或因事不能外出度假的人而设。市民可以不出巴黎即享受到阳光、沙滩之乐。我对文章有印象，倒不是因为这事本身，而在作者写得生动俏皮。据说巴黎市民反应热烈，好多人真把河岸当了海滩，兴兴头头就赶来日光浴。文末对法国人的容易当真还来了点调侃，说当局冬天若是在市政厅广场上弄块冰场，或是铺上人造雪，宣布某日至某日此地为阿尔卑斯雪场，没准法国佬戴着盲公镜扛着雪橇就来体味雪地风光。当时看了，不觉莞尔。

　　第二年夏天我在巴黎，住处挨着塞纳河，连续多少日，每天目睹

"海滩"盛况，深感那文章所言不虚。法国人的确是当真。首先是当局煞有介事，从别处运来几千吨沙沿河铺上，几百张躺椅、无数的遮阳伞，还弄了好几棵棕榈树种在沙滩上，活动更衣室，卖饮料的摊点，等等，都不在话下。此外，市政厅广场中央还围起一块场地，建了个沙滩排球场。最大的动作是交通管制，整整一个月的时间，那一带不让跑车，平日那里可是车水马龙之地。据说当局硬着头皮这么做，担心人多易造成交通事故之外，还有一意是要营造逼真的海滩度假氛围——哪有海滩车来车往的呢？

就算煞有介事折腾到这地步，河岸和海滩能是一回事？塞纳河沿岸都修了河堤，下河是明令禁止的，不能游泳嬉水，也叫海滩？哄小孩呢？！

然而不光是小孩，大人也被哄来了，愣把河岸当了海滩。每天不知有多少人涌到这里，站在玛丽亚桥上望过去，直到快到卢浮宫那一带，遮阳伞下，躺椅、沙上，全是或坐或卧的人。到晚上，河边的道上更是人头攒动，以密度而论，比起海滨度假胜地尼斯也差不到哪里。关键是他们的态度，大都是有备而来，全套海滨度假的装备都搬来了，包括小孩堆沙的小桶小铲子。一样地戴墨镜，往身上大抹防晒油，看书，晒太阳，摊开肚皮睡大觉。你若觉得单是那些

海滩虽系人造，心情一似在海边。

遮阳伞竖在那里还显得假模假样，看密密麻麻躺着晒太阳的人，尤其是置身其中时，便疑惑真是到了海滩了。

有时从那儿经过，会悬想若是我们那边也有类似的举动，会不会也有这一番热闹。热闹是和他们的当真联系在一起的，所以换句话说，我们会这么当真吗？其实那篇文章报道的揶揄之辞，还有我本人的反应，都已暗示了我们的态度。

过去和朋友谈论中国和欧美的电影，有一观察朋友许为不当之论，我说中国电影惯于弄真成假，欧美人常是弄假成真。也不知是否因为强调所谓"革命浪漫主义"的缘故，即使有真人真事的底子，我们拍出来还是让人难以置信，他们哪怕拍的是科幻，没影子的事，也是假戏真做，不会一通大写意，敷衍了事。结果弄得煞有介事，而观众也肯买账，至少陷在电影院黑暗中的那段时间，拍电影的和看电影的达成了默契——"搞得跟真的似的"。

看来并非拍电影看电影是如此。现实中他们也善于以假当真，就像在"巴黎海滩"上的全情投入、"得意忘形"。倒不是他们分不清真假，丧失了现实感，分得清着哩，离了"海滩"，该干嘛干嘛，比如搞这活动，当然是意在向老百姓示好，谁心里都明白。对当局有何不满，第二天该游行游行，该抗议抗议，但在那一刻的"入戏"，确有我们所说的"祭神如神在"的意味。

"祭神如神在"的前提是"临事以敬",敬了才容易入戏。什么人容易入戏或是当真呢?当然是孩童。有人说,与中国人相比,欧美人更接近小孩——天真。中国人则世故得多。我以为他们临事投入,容易入戏,就是一端,即使面对的是"巴黎海滩"这样实质上的游戏之事。他们容易相信别人,更容易相信自己,我们正相反,不相信别人,其实也不大相信自己。我们常奚落人家"搞得跟真的似的",北方话里有"给个棒槌,就当了真(针)了",也是一样的意思,都有暗示对方太嫩、幼稚之意,有此一句,就显着自家世情练达的自矜。

当真了,才会认真,才有临事以敬。有条语录,当年我们都会背的,说世上"怕就怕'认真'二字",无如要让中国人认真,比让欧美人认真难得多,我们骨子里多少都有点玩世不恭。不该当真而当了真的人难免被人笑话,而中国人似乎最当不起这一笑。

说到中国人的矜持,又想起我一位亲戚给我说的事。她已是移居加拿大了,小孩在洋人的学校里上学,孩子搞活动,学校有时也要求家长参加,毕业典礼之类,当然更不用说。家长还挺当真,北美人平时穿得极随意,以平均水准论,程度绝对在国人之下,到时候一概地正式起来，并且都是一副认真的表情。她去看过几次学生的文艺表演，那水平，搁在国内绝对上不了台面的，真正是"儿戏"，那钢琴弹奏之拙劣，那舞蹈动作之生硬业余，比国内那些孩子差远了。也难怪，国内的孩子上这个班那个班，训练有素，那边的小孩要学什么也就是一个玩。奇的是，台上的小孩对自己幼稚的表演毫无羞惭之意，演得无比卖力，台下教师和家长则起劲地喝彩叫好，气氛之热烈，就好像他们看的是专业级别的演出。

我的亲戚是带着嘲讽的口吻向我描述的——"就那种烂水平，也鼓掌鼓得像真的一样！"这话里隐然有一种对"真"、"假"的计较。何为"真"，何为"假"呢？或者，"真"与"假"按照什么样的法则相互转换呢？偏偏是那个我们以为跑到中国淘金、颇为玩世不恭的米卢说："态度决定一切。"

关于他们的当真，我自己遇到的一个具体而微的例子，也与演出有关。是圣诞节前几日，就要放假了，我服务的大学旁边有一教育学院举办一个联欢会，知道不会有什么名堂的，纯因要看个新鲜，我也去凑热闹。事实上演出的水准比预想的还要糟糕，我要看的新鲜倒是让我看到了——台上台下都很投入，就我和一同去的中国学生众醉独醒地用中文交流我们的讥评。

演到一半，突然觉得饥肠辘辘，这才想起尚未晚饭，好在宿舍就在院内，距礼堂不过一箭之地，便回去啃了块蛋糕，再返回来看看还有什么花样。这才发现，堂门口还有把门的，就这水平，自娱自乐一下，还担心爆棚？把门的一男一女，抽着烟在说闲话，有一个我有点面熟，和颜悦色地跟我打招呼，不过，就是不放我进去。弄了半天才明白，不让我进去，是因为里面的节目正演到一半。黑灯瞎火站了五六分钟，听到一阵热烈的掌声，二人才笑着示意我进去。原来他们是干这事的，并非形同虚设。

我边往里走边无奈地摇头。节目进行当中不让入场，这规矩我是知道的。国内首先搞这一套的是北京音乐厅，跟洋人学的，无非是表示对艺术家的尊重，以免进进出出破坏演出气氛。但那是最高等级的音乐殿堂，他们这简陋的礼堂，业余到家的演出，正经八百的有必要吗？我心里讪笑："你以为你是维也纳爱乐呢？！"

这话没出口，说了也没任何杀伤力。洋人当起真来，你一点办法没有。

酷暑在巴黎

那一年夏天，巴黎大热，据说是五十年不遇。我躬逢其盛，正好赶上。其实整个欧洲都热得直喘气，斯德哥尔摩也热到三十四度了。但是除了南欧，哪里都比不上巴黎。六月已出现高温，八月份更有十来天在四十度上下徘徊。四十度对罗马、马德里的人是寻常事，因为久经考验，也就不足惧，巴黎哪见过这个？巴黎号称"冬无严寒，夏无酷暑"，一年中高于三十度的日子，寥寥可数。

也就因夏无酷暑，巴黎对高温不设防。巴黎家家有暖气，却从不用制冷的空调，许多星级宾馆也没有，甚至电风扇都见不到。热浪骤然袭来，巴黎措手不及，商店里的电扇被抢购一空，所以绝大多数巴黎人是赤手空拳地同高温搏斗。代价自然比较惨重，报上不断有热死人的报道——"热死人"通常是对热的感受极而言之，这里却真正是热死人了。事后统计，巴黎大区加上周围三省，死亡人数在一万以上。市政当局不得不出来为老天爷的变脸承担责任，承认失于应对。幸好是酷热难当，谁都不愿走到光天化日之下，否则法国人怕是又有由头上街游行了。

说下面这句话肯定是过于正经了，但暑气蒸腾中我们的确是和巴黎人民站在一起，大出其汗，虽然并非我的选择。

其时我们住在巴士底广场附近的一家便宜旅馆里，十九世纪初的建筑，不大的房间，墙壁够厚，通风条件却是极差，从早到晚，闷热有似蒸笼，其中滋味，现在是要进桑拿房才得领略的。虽是经过火炉南京的锻炼，也还是吃不消。原想这个夏天既是旅游，也兼了避暑，没想到千里迢迢跑到巴黎重温多年前南京的酷热。关键是，现在已很难想象没有电扇、空调的夏天。女儿就抱怨巴黎老土，连空调也无。解说"土"、"洋"不可以此为判对她也许太难，只好用忆苦的方式让她少安毋躁，告诉她当年为父的如何摇着扇子汗流浃背。但一边说一边自己不免就要抱怨，这里抗热的物件，不要说"洋"的，"土"的也没有，扇无一把，席无一领，洋人怎么就这么笨？在电影、画册里都见过西洋贵妇人羽扇轻摇、仪态万方的样子。也许只有道具功能吧？这么热的天，只见洋人不住擦汗，就不见他们挥扇。席子更不用说，这里从来是不用的，就是说，我们得睡在铺着床单的不透气的席梦思上。躺下去不像是床，像是火炕，估计无数的巴黎人跟我一样，起得身来就发现床单上汗渍勾划出的人形。

抱怨是没有用的，还得与高温周旋下去。既然一无所恃，我们的避暑策略就是尽可能长时间远离住所。早上起来即携干粮赶往博物馆，开门后便一头扎进去，一直盘桓到晚上八点才出来。卢浮宫、奥塞美术馆、蓬皮杜中心、自然博物馆，观赏而兼纳凉，倒也一举两得。闭馆后仍坚持赖在外边，晚饭买了外卖到塞纳河边去吃，十一点之前决不往回走。于是也便领略到巴黎人壮观的纳凉场面。

河边上熙熙攘攘，全是人。只是与中国式纳凉不同，我们乘凉是静态的，巴黎人的纳凉更有动感。扎堆看表演的，自弹自唱的，喝啤酒的，溜旱冰的……干什么的都有，就是没见安安静静坐那儿扇扇子的。记忆中最能代表纳凉场景的似乎是老头老太太，这里却是年轻人的天下，所以不是纳凉的气氛，倒像夏令营的意思。

奇的是，好像没有人打算安营扎寨。我想到多年前高温时节南京人挟了席子找风凉开阔处睡觉的情景，常常见到大马路边上就睡着人。塞纳河边，清风徐来，睡卧于此，岂不快活？我断定法国人不取此上策，全因没有可坐可卧的席子，至少我不露宿河边是因此之故。当然入乡也该随俗，也许洋人以为露宿于外不成体统，除非圈起一块地方叫作营地，或者，你是已在"体统"之外的流浪汉。所以还得回去，回去就不免心烦意乱，有时站在窗前吸烟，就想巴黎人如何睡得下去。朝对面的楼张张，发现许多窗户居然都四敞大开了。法国北部的人似乎是不喜开窗的，即使开也只是半开，而且常常是帘幕低垂，也许是气候，也许是隐私保护意识的一端。现在显然是顾不得了，整个门户洞开，有几处还见灯影里有人光着膀子晃来晃去。我莫名其妙有点幸灾乐祸的意思，心理活动如翻译出来，大约就是："不是说夏无酷暑吗？也让你们尝尝酷暑的滋味！"

其实我真的没有半点恶意。现在逢大热天气，还不期然地想到巴黎这个夏天天气如何。有趣的是，那时在巴黎忆苦，说的是南京的当年，现在若遇大热难耐，则要自我安慰道，想想那年在巴黎吧。如果可能，我甚至想给巴黎人民一点建议：即使巴黎不再热到那种程度，就算拒绝空调电扇，那至少你们也得有张席子，伙计！

奶文化

　　有位研究饮食文化的西方学者说："一个并非仅仅只能利用少数几种动物，而且其中一种——奶牛——又未被充分利用的社会，并不一定就注定是要受苦的。"这是他考察中国人饮食结构之后得出的结论。译文有点拗口，肯定、赞许之意却很明确。这里面还有一点惊异的成分：没有或是不特别仰仗奶牛，居然也吃得不差。中国人听了或者要觉着奇怪——倒好像缺了奶牛就活不了似的。但他是西方人，对于西方人，没有奶牛的饮食，简直难以想象。

　　说奶牛，其实意不在牛，而在奶。国人的想象中，西餐的标志大约首推牛排，洋人健壮的体格、整日潮红的面孔，似也与其酷嗜带血的牛肉大有关系。实则他们可以几日不沾牛肉，奶制品却是一日不可或缺。与我同宿舍的访问学者中有一罗马尼亚人，因为穷，进法国人的食堂也超出预算，只好每日穷对付。我留意他的食谱，发现大多数情况下，面包之外，就是牛奶与奶酪。早上在食堂里大喝牛奶，面包抹上厚厚的黄油，中午晚上切大块的干酪往面包里一夹，就是一顿。过去欧洲的穷人家，多时不知肉味也是常事，牛奶与奶酪总是有的。《列宁在一九一八》中的瓦西里安慰窘境中的妻子道："面包会有的，牛奶也会有的。"可见牛奶之必不可少，仅次于面包。

但仅仅将奶制品视作补充营养的必须物，却不免唐突了西人奶文化之博大精深。事实上奶制品在他们的饮食中几乎无所不在，饮用牛奶、酸奶是不用说了，糕点糖果、冰淇淋之类，无奶不成。这还尤可，对国人而言，奶制品在饭菜里也无所不用其极，才是最觉着新鲜的。意大利面不忘洒上干酪粉，皮萨饼若无奶酪就与烧饼无异。沙拉酱里有奶，凉拌菜里时见奶酪丁；奶油蘑菇汤、奶油龙虾汤顾名思义，得加奶油，烤蘑菇烤花菜，奶亦不可或缺。在食堂吃鱼，大块烧煮的三文鱼和着稀稀的奶油，往海边小城布洛涅尝海鲜，一锅淡菜却是用牛奶加了白葡萄酒煮熟。这些都还是用作辅料或调味，奶制品唱大轴戏而又构成奶文化金字塔塔尖的，端推奶酪，至少在法国是如此。

举宴待客，没有奶酪，简直就不成席面。圣诞在一法国人家做客，沙拉、主食、甜点一道道上来，以为完事了，众人还不下席，主妇又端一大托盘上来，上面放着各式各样的奶酪，当作佐酒之物。尚未入口，已觉异味扑鼻。原来下酒的奶酪与干酪又自不同，以山羊奶酪为上品，而经了特殊的发酵，白色里夹着点点霉斑，气味则来得特别刺激。其他客人各样切下一小块一一尝过，品评赞叹，啧啧有声，如我这般未经法国奶酪文化熏陶者，不独品不出其间差异，只觉一概臭味难当，中人欲呕。有人曾将这类"臭"奶酪比作中国的臭豆腐，因想吃奶酪亦如吃豆腐，能"臭"者才算进入高级阶段。

印象中奶制品在中国大行其道已是上世纪八十年代以后的事。早先牛奶属稀罕东西，寻常人家的饭桌上少见。酸奶的不能流行，经济原因之外，还有地域的因素。北京似乎是得风气之先，一九七九年夏去北京旅游，酸奶在街头已不鲜见，也不知是"古已有之"，还是新近"舶来"。头次领教，第一反应是，馊了，后经友人指点，知道有"开始吃了要吐，后来吃着上瘾"之说，再去尝试，果然慢慢习惯，而后当真就上瘾。回到南京却吃不着了，直到几年后在大华电影院二楼才见有卖的，而且似乎是只此一家，别无分店。模样却与北京的不同，北京彼时的酸奶是用大肚子瓷罐装着，二角钱一罐，以小勺探进去舀着吃。这里却与现在瓶装酸奶无异，奶瓶装，用吸管，味道似也不及北京的厚重。就这一处，没多久也消失了，据营业员说，

佛罗伦萨的一家奶酪店，大个的奶酪可比车轮。

喝了之后双眉紧皱的大有人在，"卖不动"。

再喝到酸奶又在数年之后，忽如一夜春风来，千树万树梨花开，盒装瓶装，酸奶已然所在皆是，牛奶的普及则这时已有家家户户门口钉着的奶箱为证。我想这与国人接受了牛奶的神话大有关系，一度流传甚广的一个说法是，日本人曾将敦促国民喝牛奶定为国策，国民体质果然大大增强，平均身高增高若干厘米亦拜牛奶所赐。有此一说，年纪大的人自己固然可以顽固不化，继续大喝其豆浆，小孩却是要牛奶伺候了。

但奶酪与国人仍属隔教，至少极少当作下酒的美味，即或有之，也大略限于小资白领、新潮一族。我头一次亲炙奶酪是在好多年以前，有个朋友留学法国回来，要让我们见识红酒奶酪文化，邀众人到家中品尝。结果波尔多酒甚得嘉许，品种多样的奶酪则尝得一口即拒不再食，最后全都坏了，千里迢迢背回来，归宿却是垃圾箱。

以这样浅的吃"奶"资历，当然难以一探洋人奶文化的堂奥。不过身在异国，无中餐可吃，时间长了，对他们奶味浓重的食物，也就有所接受。所谓"入鲍鱼之肆，久而不闻其臭"，此之谓欤？真正"与之化"是不可能的，但披萨、意大利面之外，有几样缺了奶酪不成的小吃，似乎的确是喜欢上了。其一是 Fondue，取其吃法与中国的火锅近似，通常译作"奶酪火锅"。我是吃而后知，在巴黎拉丁区一小巷里误打误撞上的。那一带有很多廉价餐馆，阿拉伯人开的，希腊人开的，都有。这一家无甚特别，却把菜单上内容拍了照片挂在外面，一目了然。于是入内引服务员出来，指了那看上去很诱人的一图示意，就要这个。落座后等候多时，终有一只热腾腾的黄色锅子连同酒精炉端上来，又有一只大盘，装着面包、土豆、火腿片。锅中是黄白之间的糊状物，咕嘟咕嘟冒着泡，只因粘稠，泡儿冒起来徐缓滞重。闻味道便知，那是奶酪，使特别的叉子叉了面包等物到锅里涮了，便有一层稀奶酪附于其上，入到口中，鲜香无比。后来我知道这吃法来自瑞士山区，是用白葡萄酒将三种奶酪在锅中溶化做的锅底，酒与奶混合，沸腾后奶香酒香融而为一，真是一吃难忘。

另一样更常见，叫作CREP，仿奶酪火锅的译法，也许可以翻成奶酪煎饼。做法极简单：平底锅上搁上已摊好的薄煎饼，再将刨好的干酪丝放在煎饼中央，四面裹起，翻转几次，加热到奶酪软融后即得。煎饼酥脆，加热后的干酪糯而有劲道，咬一口满嘴的奶香，而且有回味。这小吃餐馆里有，街头也有卖的，巴黎的商业街上就能见到，却是散兵游勇，现做现卖，食客则买了边走边吃。这有点像我们早晨的煎饼摊，只是他们是全天候。

奶酪火锅是这样的。

我吃过最好吃的一次却是在餐馆里，东西还是那东西，因是堂吃，做法又不一样，是做成一大大的馅饼，切了一角一角地卖。吃法自然也跟着升级，是在盘中刀叉并举地割食。餐馆里花样多，煎饼常用粗粮，干酪放多少更讲究比例得当，我那次吃的似是荞麦面做的饼，较街头所食口感、卖相都更好些。但更让我怀想的仍然是街头且吃且行的那份随意，因为太像在国内吃煎饼果子。

一直怀疑那时对奶制品或加奶食物的渐生欢喜不过是吃不到中餐的缘故，"屈打成招"，又或强迫成亲后转嗔为喜的事是有的。不过回国日久，也许是远香近臭吧，真还有些想。

红酒的身价

　　以颜色给酒分类，不知起于何时？似乎限于三色：红、白、黄。但并不完全是从酒的色泽而来，陕西有黑米酒，但并不说黑酒，事实上迎着亮光看，实亦还是红。陕西又有稠酒，较之通常所谓白酒更近于白，乳白，但只说稠酒，而我们口中的白酒，其实无色透明。是知红、白、黄云云，都是专名。白酒专指烈性酒，黄酒专指绍兴酒，红酒则是干红葡萄酒的代名词。

　　我上大学时似乎还没有红酒一说，至少一般商店里看不见。葡萄酒早就有，都是甜的，名头响的是吉林通化葡萄酒，也就一块多钱一瓶。同学间聚餐喝酒，除了整白的，就是这个。大概要到上世纪八十年代末，干酒才算登场，打先锋的是干白，长城干白，而后是干红跟进。不拘干红干白，都是舶来品，很多人喝不惯：有点酸，有点涩，像是坏了。还有一样，是喝起来太费事。

那时我们喝的酒大多是金属瓶盖，现今啤酒瓶上用的那一种，一扳就开，没工具亦无妨，将瓶口对桌凳边沿，卡死瓶盖一磕，应声而下，牙口好的干脆探进嘴里用牙别住，也能撬开。方法确乎原始，然而解决问题。干白干红用的是软木塞，那时酱油瓶虽也用木塞，却只比象棋子厚一点，弄把剪子就撬了，干酒的瓶塞则有小手指那么长，若没有螺旋的开瓶器，真是一木当关，万夫莫开。

我第一次喝干红，与瓶塞间便有一场遭遇战。是买回来招朋友同喝，开开洋荤，不想几条汉子对着一瓶酒，居然无计可施——用刀用钥匙撬，撬不动；拍瓶底，没动静；用镙丝钉拧进去再使老虎钳往外拔，镙纹太浅挂不住，一使劲，镙钉自己倒是出来了，瓶塞我自岿然不动。弄了半天，瓶塞已被蹂躏得惨不忍睹，却仍是酒在瓶中，我们在外面，一塞之阻，隔瓶相望，就是不得到口。如何是好呢？我已无心恋战，要用暴力手段，干脆敲断瓶颈，幸而有晓事的阻拦，说弄不好酒与瓶同归于尽。最后弄断筷子两根，终将塞子捅入瓶中，开始酒满，木塞堵着，必得用筷子将其逼到一边，这才好倒，待喝到一半，木塞横着浮在酒上，让我想起一道菜名，叫"乌龙过江"。

以当时的孤陋寡闻，就觉这样难伺候，很可见出它的尊贵。其实不待这番折腾，看价钱，也就该肃然起敬——一瓶酒，四十块钱上下，而当时一般人的工资，也就两三百。相当长的一段时间，干红干白就在这价位上，而涨工资却不见动静，这已足以将我们维持在某种须仰视的距离上了。我不知道是否就在这时，干红干白一举确立了"高档"的地位。但真正风靡起来却是一九九〇年代中期以后的事，也不知是国人喝酒的口味当真发生了变化，还是价格开始接近群众，总之到处都见干红干白了。开始是红白并举，再后来，也不知是何缘故，红酒已是一统江湖。甜葡萄酒早被挤兑得不行，再喝这个，就像喝白酒的喝烧刀子，大有甘居下流的嫌疑。红酒则将好多动听的词吸附过来——洋气、品位、格调……

真是忽如一夜春风来，千树万树梨花开。似乎一夜之间，无数的酒厂冒出来，都做红酒。眼见得红酒的身价直往下掉，平易近人到令人生疑的地步。有种牌子的干红，居然十块钱上下就能买到。但是我贪便宜买过一瓶二十来块钱的红酒，口感什么的就不提了，单说一杯下去后红彤彤杯壁尽染，便知必是加了色素无疑。这样的造假，当然很不"格调"，极无"品味"，奈何无数人的"格调"、"品味"都靠造假带来的低价维系着。有一度听说，国内市场上的红酒全是假的，这话我不信，有几个牌子还是值得信赖的，虽然有些品种质量在往下掉，但这是人家分而治之——"高端"的又出来了。某次在一宾馆餐厅请人吃饭，问上什么酒，"张裕"还是"王朝"，就要"张裕"。服务员还算规矩，先报价格，八年的三百八十八，十年的五百八十八，吓人一跳，为保持高"品味"，也只好认了。与过去喝过的，的确不可同日而语——口感、味道都好，在杯中轻轻晃动时的馥郁芬芳之气，更是醉人，可为这不一样化偌大代价，未免心疼，一心疼，对酒的品味自不能"全身心投入"。由此对红酒的身价也就大起疑惑。

待有机会去欧洲，对红酒身价问题，少不得要考较一番。第一番冲击波是红酒的铺天盖地。到超市转一转，每一家都占了无数的货架，竖站横卧，充塞眼眶。我们这边的超市，酒类里是白酒唱主角，至少是和其他酒分庭抗礼，欧洲则红酒占有压倒性的优势。这也不奇怪，红酒是家庭餐桌上必备的。我在一法国老太太家住过一段时间，除了早餐，她是每顿都喝。其实超市里的还不算数，不谈大大小小的专卖店，家中成箱成箱藏着红酒的，也极普遍。餐厅酒吧必供红酒是不用说了，奇的是，有一次在意大利一家青年旅馆，因贪图便宜，就在那里的食堂吃饭，七欧元一顿，意大利面、烤猪排、色拉之外，居然还有红酒一杯，喝完了可以再要。国内怎么喝？那是西餐馆酒吧里供着，又或情人节套餐里做点缀的呀！随便喝，只有茶水才如此吧？

不夸张地说，便宜的干红，价格也就跟水差不多。国人初到欧洲，难免遭遇价格震荡，唯独红酒，这震荡是反过来的，不是震于它的昂贵，乃是惊于价格之低廉。波尔多干红，多年前有朋友从法国背回，喝的时候心情可以说是虔敬无比，法国超市里，有"波尔多"字样的，一两欧元买一瓶。这是什么概念？须知矿泉水差不多就是这个价。更有塑料桶装的，就像我们这边价廉的加饭酒，十斤八斤装的，算下来比水还便宜。低到这种地步，是有假酒在掺合吧？却并不，有高下之别，并无真假之分。而且好歹之间，虽有霄壤之别，那便宜的也并非牛溲马勃，塑料桶装的不论，两欧元以上的，品质绝对在我们这边三十多一瓶的之上。所以有喝不起啤酒的，绝没有喝不起干红的。只是我曾注意过街头的流浪汉，有抱了威士忌灌的，对着啤酒瓶吹的，喝干红的从未见过。也许是红酒有室内性质，不宜独饮，犹不宜豪饮。

多，而且在我看来近乎"滥"了，价格又贱到如此地步，"高档"云乎哉？红酒的身价在我心目中较过去不免大打折扣。但有时看到法国人喝红酒时的郑重其事，又不由要往高里看。那种极正式的场合就不必说了，单说在一般的小餐馆里，喝红酒的惯例就不一般，服务生先问要何酒，取了来看，客人点头了，取来当面打开，客人闻过、看过、尝过，点头称善，这才一笑转身。天太热还要用专门的冰桶冰着。就是在餐馆里，通常喝的也就五六欧元。我想我们喝顶级的五粮液也是纳头便灌，哪有这许多讲究？当然讲究到无以复加的，是会品酒的人凑到一起，那真是如承大事，三支不同的酒是最少的，品尝、比较，还要发表高论，复杂到复述起来都麻烦。

我因此想，红酒的身价就是这么穷讲究出来的，所谓品味全系于品酒者敏感无比的舌头。有个朋友在法国居住多年，资深的红酒爱好者，听了我的"心得"大不以为然，法国红酒便宜，哪儿的话？那是平常随便喝的。你我前晚上喝掉的几瓶，一瓶现在少说也得四五十欧元，真正的极品，更是天价。有一天闲来无事，他便领我去开眼，先转了几家卖红酒奶酪之类的专卖店，价格与超市已是全然两样了，最能满足他预期反应的高潮却在 BON MARCHE 的食品部，有瓶一九八四年的什么酒，标价是两千一百多欧元。我以为是小数点弄错了，但朋友说，没错。真是天价，我所见过的最贵的酒是路易十三，一万多人民币，这瓶红酒折算一下，得合人民币两万多。

路易十三、轩尼诗李察之类，光看包装，便知不同寻常，手工制的水晶瓶，瓶颈是 24K 金纯金雕饰，未入口即会震其艰深。反观这支天价红酒，一无修饰，素面朝天，看上去与我三两欧元买了喝的，一个模样。原来法国红酒，不论身份高低，都是乱头粗服示人，也有加个盒的，但绝不表明档次就高，其间的差别，全在瓶贴之上。年份、产区、等级、全在上面，便是价格的依据。这里的名堂多了，不是会家子，根本闹不清。法国人何以在 XO 轩尼诗上玩尽花样，对红酒的包装却又掉以轻心、众生平等呢？这却是我所不知的。

我关于红酒身价的考较最终没有结果。法国红酒的价格，可以入地，也可上天，与国内相较，似乎更没个准谱。我说"似乎"，盖因这个"谱"实际上是有的，只是法国红酒的"谱"比哪一国都复杂，一言难尽。容易说的只有一点，我对红酒额外的好感，乃因于它的没谱，没谱了，就摆不成谱。

也许，摆不成谱了，才玩格调；忘却摆谱了，才有格调的余裕。——虽然有时讲究格调也可以成为另一形式的摆谱。

喝啤酒，到比利时

　　题目有几分广告味道，说"到比利时喝啤酒"才像记事，也符合实情。但比利时啤酒喝着的确带劲，值得喊一嗓子，替它吆喝。

　　我不知道现在世界上还有哪个国家没有自己的啤酒，至少欧美肯定不会有空白，比利时产啤酒，不问可知。其实身边就可发现其踪迹——金陵干啤就是和比利时一家超大啤酒企业英布鲁克合资生产的。不过国内合资的牌子多了，论名声，比利时啤酒远不及德国啤酒来得响亮。如果要做啤酒之旅，首先想到的肯定是到慕尼黑端大杯痛饮，多半不会想着在比利时搜奇访幽。

　　称"奇"称"幽"是相对于德国啤酒的如雷贯耳而言。倒也并不真是养在深闺，至少欧洲各国的酒馆、超市里，都能见到，只是若非经人指点，再不会奔它而去。这里所谓"比利时啤酒"还要再加限制，因为比利时啤酒花样太多，据说有五百多种口味，尝鼎一脔是不够的，我心目中的比利时啤酒乃是可称啤酒中之独门暗器的僧侣啤酒。受了戒的和尚是不能喝酒的，天主教徒可以大明大放地喝，而且干脆就在修道院里拉开架势大酿特酿，葡萄酒啤酒的很多独特配方均传自修道院，这是我觉得最有意思的地方。书上说，中世纪，修道院是全欧洲最重要的酿酒中心，比利时的僧侣啤酒即是这一脉的流裔。据说比利时的修士善酿烈性啤酒，目的很明确，以酒为食，度过不许吃饭的封斋期。

烈性啤酒？那一日法国学生请我到酒馆喝一杯，点名要比利时的威斯特玛尔（WESTMALLE），并说这酒如何特别。欧洲的瓶装啤酒都用三百毫升上下的小瓶，大瓶绝少看到，大一点的杯子，倒一次就见瓶底。那酒在杯中呈琥珀色，上面堆起雪白细匀的泡沫，经久不散，委实喜人。那天天热，逮着就是一大口，已然半瓶下肚。学生见状忙道：老师慢点，这酒厉害。我从来以为啤酒就是该豪饮的，与浅斟低唱无涉。要说厉害，那也是三四瓶下去以后，而且是大瓶，两瓶以下，往往是膀胱有意思了，酒意还是半点消息没有。学生说，度数不一样，看瓶贴上标示是十一度，便有点不屑，想国内的啤酒通常有十二度的。后来才知道，我所见者，往往是标的麦牙度，论酒精度，则国产啤酒最烈的也不超过五度，难怪可以当饮料喝，不

比利时啤酒名目繁多，喝酒的杯子也与众不同。

像正经喝酒。

那次喝得高兴，学生便提议，下次到比利时去喝。出国喝啤酒，听起来有点夸张，实则我教书的法国小城距比利时仅几十公里，比到巴黎还近。于是便驾了车去布鲁日，在我，主要还是逛逛这座名城，两个学生来过多次，不一会就嚷着去喝啤酒。

在比利时酒馆里喝啤酒，感觉又自不同。首先是名目多得叫人眼花撩乱，其次是各种各样的酒杯，喝某个牌子，必用某一样式的酒杯，专杯专用。奇的是，虽有敞口、大肚又或杯沿外翻的种种区别，却一概是高脚大杯，像绮美（CHIMAY），瓶贴上便有标示，两只杯子，一高脚，一近于我们常用的啤酒杯，后者上面就打着一个叉——似乎非高脚杯不办。看周围酒客时，发现没一个豪饮的，倒像都在喝葡萄酒。据说比利时人喝啤酒之讲究，正像法国人喝葡萄酒。我道行太浅，喝了三种牌子的僧侣啤酒，虽觉口味有异，什么果香花香之类是品不出来的，只觉得爽。爽到后来居然有微醺的意思，这在喝啤酒的经验中从未有过。

童话般的小城中，坐在运河边小酒馆，听远处街头艺人的歌声，看窗外灿烂阳光下兴高采烈的游人，与绍兴酒馆里喝黄酒的醉眼朦胧相较，别是一种兴味。微醺里亦有啤酒的透明、敞亮。

西式菜单

　　欧洲一般的餐馆有个好处，是一概将菜单张榜公布，菜式、价格写得一清二楚。所谓"张榜公布"，是说入内之前，你已了然于胸。菜单或是贴在大玻璃上，或者戳一大牌子，类于海报。食客尚未登堂，已可定其去留，店家减少了不必要的询问，实在是人我两便。对我这样阮囊羞涩的人，这做法尤其可取，否则不知深浅，心中忐忑，待坐下看了菜单发现消受不起，大是窘迫。

　　当然也就没了挨宰之虞。只有一回，是在巴塞罗那的兰普拉斯大街，路边一溜餐馆，门口都有伙计高声嚷嚷，兜揽生意，人多，嘈杂，我还未及细看菜单，不合就被撺弄进去了。坐在类于吧台的地方，点了一份 TAPAS，西班牙的餐前小食，很便宜的，因属小吃，面包须另买。吃完了算账，居然收了二十欧元出头，令我莫名惊诧，因此前在塞维利亚，一客猪扒套餐，像模像样的，也就八九欧元。柜上恰有个中国女孩在打工，见状对我说：怎么到这儿吃？这是黑店呀！说话声音很大，反正周围没人懂中文，不怕老板当她吃里扒外。似乎是要帮同胞找回心理平衡，我起身时她又道，门口有盐水花生，随便拿的，你抓上好多，回去喝啤酒。但我遭受的打击太大，愤然不已，忘了这茬，所以一直不平衡。

虽然如此，我还是因为有那菜单，认定欧洲的餐馆相当"透明"。其实透明的不仅是价格，菜的内容也一目了然——从菜名上可以看出做法、原料，包括主料配料，都一一注明。西式菜肴的命名忒老实，真正的质木无文，近于有一说一有二说二的写实，像"蚂蚁上树"、"霜雪红果"、"美人肝"这类浮想联翩、不知所云的菜名通常没有。我曾想中国的餐馆也该这样，后一想不大现实，中餐花样多，原料又复杂，开列起来，门口要成大字报栏了。不过至少店里面的菜谱可以写清楚点，不要看了还要招服务员来问究竟。

香港在这上面就西化了，菜单上不管是何菜名，下面都把原料写得清清楚楚，中餐也如此。不过西式菜单也有把简单事情弄复杂的时候。比如一碗雪菜肉丝面，菜单上就要在几栏中完成组合。分类是"汤面"这一大类，而后要到"配菜"项下从五六个选项中挑中雪菜肉丝，而后再到"主食"项下，米粉呢，面条呢，"出前一

巴塞罗那兰普拉斯大街上的一家餐馆，摄此照十分钟后，
店内一华人女服务员密告曰："这店宰人的。"

丁"呢，择一而从。意大利面的菜单就是如此。前些时候到香港开会，某天早餐，我和老高点的就是雪菜肉丝面。服务生在雪菜肉丝后面打了勾，又指向主食一栏，问要什么，我要了面条，轮到老高，说已经点了，就这个。我告诉他还得点，也不知他认定服务员在要他另外破费，还是不愿承认自己是外行，总之很坚定地说，就要这个，其他不要了。服务生满面疑惑走了，不一会端上来，我是一大碗，他是一雪白大盘子，中间一撮雪菜肉丝。老高看我从碗里捞面条，再看面前的盘子，渐渐就涨红了脸。这套餐里照例还有一杯茶一块蛋糕，他便就了雪菜肉丝闷头吃蛋糕。尽量忍住笑，我不大厚道地问了声，这搭配新鲜，好吃吧？老高不吱声，脸越发红涨，最后终于憋不住，闷声哼了一句："搞什么名堂！"

饭菜有别

有时人会对最寻常的事物也困惑起来，比如什么是菜，什么是饭。查过《辞海》，也查过《牛津词典》。关于"饭"，《辞海》的第一条释义是："煮熟的谷类食物，亦泛指人每天定时吃的食物。"英文 MEAL，词典里有条解释也差不多。至于"菜"，《辞海》里说是"肴馔的总称，如川菜、广菜"。证以我们平常的用法，都对，但是解决不了我的问题，我想的是在饭、菜之间划出清楚的界线。待客时说："多吃菜，多吃菜。"饭桌上指令小孩："不要光吃菜不吃饭。"——饭、菜有别，我要辨的就是这个。

这问题我本自认为是清楚的：米饭、面条、馒头是饭，土豆炒肉丝、猪肉炖粉条当然是菜。即使未弄熟之前，我也可以斩钉截铁地归类：青菜、萝卜、土豆是"菜"，大米面粉是饭。这事搁在过去就更简单，过去有粮站，与菜场泾渭分明，从菜场里买回的是供做菜的，当是应以"菜"目之，从粮站里买回的是备做饭之用，无疑属于"饭"的范畴。用江南某些地方的方言说起来也很明白，填饱肚子的是饭，用以"下饭"的便是菜。

让问题变得复杂起来的是吃西餐的经历。偶尔去趟西餐馆，因为是尝新鲜，尚不觉得，在法国教书时吃了一年食堂，脑中饭菜的概念却真是遭到了某种程度的颠覆。简单地说，饭不是饭，菜不是菜了。真是一切以时间地点为转移——在我们这边铁定归为饭，到那边有可能是菜；被划为菜的，倒有可能被当饭处理。

在食堂的第一顿，遭遇土豆。这里的惯例，完整的一餐必包括色拉、主菜（主食在内）和甜品，色拉、甜品各人排队自取一份，主菜则是大师傅掌握。色拉、甜品与我们的吃饭概念颇有距离，顶多是花絮性质。所以我对这一餐的希望一概寄托于主菜。大师傅给一盘炸薯条，再来一大块猪扒，齐了。显然，这薯条便是饭。薯条不新鲜，麦当劳、肯德基店里都曾领教，只是从来没推敲过，这算饭呢还是算菜。快餐嘛，汉堡原本就是亦饭亦菜的。

薯条并不难吃，不过当即决定，明天还是要挑我心目中的"饭"。不料第二天主食是土豆泥，第三天干脆就是一盘土豆。我不知道中国是否有什么地方也以土豆作粮食，见识过的，吃法也多了，不拘切块切丝切丁，也不管是炒、是煎、是炖、是烧汤，总之是菜，决不是饭（恍惚记得电影《创业》里有主人公买土豆出事的情节，似乎是当饭吃，但那是特殊情况下的特殊措施，应算例外）。这才想起过去电影、书里看到过的洋人吃土豆的情形——可不就是主食？

一年到头吃米饭，也没觉得什么，三天土豆吃下来，有些不对劲，每到吃饭时便想到，现在满肚子都是土豆。平心而论，并不难吃，若主食以饱肚为标准，则一顿下去，从无饥饿感，有时还觉几分饱胀。想来是对"饭量"拿捏不准的缘故——米面馒头之类，心中有数，然而一顿该吃多少土豆算饱？最糟糕的是，肚子已然以物质的方式认可其"饭"的属性（既然已经"饱"了），意识（应说是下意识）却拒绝承认，结果是，即使在肚腹微胀之时，我仍然执拗地觉得没吃饭。

接下来很长一段时间我都处在找"饭"吃的状态。若以为洋人的食堂里只有土豆，那绝对是诬蔑，意大利面、披萨饼是常有的，较之土豆，与"饭"的距离大大缩短。但对中国南方的人而言，米饭才是最正宗的"饭"。出乎意料，偶然去到另一食堂，发现那里天天供应米饭。同样出乎意料的是，在这里米饭并不是"饭"，而属"菜"的范畴。确切地说，米成了某一种色拉的主料。我是在形形色色的色拉中发现"饭"的，做法大约是将米煮熟后与些许其他材料再加佐料拌在一起。也许对法国人而言，这就差不多等于我们的凉拌黄瓜之类吧？那么仿中国式的菜名，应叫凉拌大米或凉拌米饭？有点滑稽。

我对这道色拉的态度与对土豆的态度正好相反。对土豆不免以"菜"的名义循名责实，拿人家的色拉当饭吃则不管什么名正言顺了。除了偶尔吃意大利面，可说基本上将他们的主食弃而不取，独沽一味，上食堂便直取这道色拉。滋味可以不问，且不谈里面加入的佐料怪异，单是米饭就同我们这边大大不同。原来洋人根本没有焖饭一说，煮米从不盖上锅盖，加上许多水，煮到一定时间，将未被米粒吸收的水漉去就算完事。有这么烧饭的吗？饶是如此，它还是我坚定不移的第一选择。所以我并不夸张地向人诉苦：在美食国度里天天吃的是夹生饭。

诉苦的对象当然是中国人，而且自觉苦大仇深，不免祥林嫂式的逢人便说。不道有一次控诉完夹生色拉，友人却还给我一个洋人吃中餐的故事：有一次他请法国朋友吃饭，要让其领教中华饮食的美妙，自然做了一桌的菜。老外吃得不住赞叹，唯独到主食米饭端上了，似乎稍有意见，向主人讨了盐瓶洒上一些，这才吃下。朋友在法生活多年，见怪不怪，也就由他。将近尾声，照例劝再吃点，老外拍了肚子连称太丰盛。主人以为皆大欢喜，该收场了，不道客人却又有几分不好意思地问，有面包吗？

友人说到此我不禁大笑：那老外肯定是觉得没给他"饭"吃。

吃，是一个问题

　　圣人有言：“口之于味，有同嗜焉。”——颇有普遍人性论的味道。但是，“此言差矣”：人性若有其共通处，也绝不是在吃上。相反，没有什么比口味之“嗜”更能见出人之天差地远了。一九九三年在河南、陕西转了一个多月，起初对那里的面食大觉新鲜——单是面条就玩出那么多的花样，而且口感远比南边的好。故而餐餐必选，大有从此弃米饭而就面食之势。不道半个月下来，有一天忽兴米饭之思，那是在西安，身边银面无多，进不得上台面的餐馆，小饭铺多半只有面食，问了几家，均告曰：“没有米。”于是米饭之思愈演愈烈，不可遏止，最终不知走了多少路，总算有米下肚。据此我知道，要判断你是何方人氏，看看你的食谱便知。

　　但河南、陕西尚在国门之内，出了国门，特别是到了西方，才会领略到吃的问题可以严重到什么程度。有一年在法国当老外，异域文化的不适症首先就在吃上发作起来。法国号称美食的国度，那大约是在大饭店吧，但我想要看饮食文化，先得看老百姓的家常菜谱，"单位食堂"也不失为一个窗口。可是天可怜见，我在学校餐厅吃的那叫什么玩意儿？！色拉也就罢了，蔬菜是煮得稀烂的花菜，佐料半点也无，法国人端来洒上点盐就吃，主菜是一大片火腿肉卷棵同样煮得稀烂的大葱，上面浇以稀稀的奶酪。只此一回，我便打消偷懒的念头，决意自起炉灶。同时也就明白，运动员出国比赛，为何要千里迢迢扛上一大堆榨菜方便面。

　　然而问题并不就此迎刃而解，首先公共厨房里就不见中国的"刃"，大刀阔斧方能砍瓜切菜，洋人则只用小刀，并无切菜一说，只可谓之割。分割已毕，却又无处下锅，盖洋人只用平底锅，即有中国式的铁锅也无处安身，因电炉上并无支架，放上去只合东倒西歪。法国学生领我买的不知什么油，倒入锅中竟是糊状，化开后半天不见冒烟，菜下去并无中国厨房里熟悉的"滋啦"一响，看来炒菜在这里可以休矣。做的何菜，可以不提，千真万确是我动的手，百分之百不是我想的味道。

　　公共厨房的好处是，你可以看看老外怎么倒腾饭食。整顿已毕，我便休手作壁上观，但是看无可看，因为实在简单。倒是一对法国男女见我是"西路哇"（"中国人"的法语发音），兴兴头头告诉我今天他们要吃 CHINESE FOOD。但见二人拿出春卷面条，春卷是中国餐馆里买的，也就罢了，奇的是面条，下锅煮熟捞到盘子里，洒上点盐就开吃了，并且吃得津津有味。呜呼，CHINESE FOOD！他们使的当然是刀叉，如同吃意大利面条，我是吃饭，也得使盘子，举刀叉——老外的厨房，何来碗筷？

汉字的诱惑

　　"书画同源"，所以书法与国画常常并举，谓之"书画"。西方人对此有别解，或者说误解，干脆就把汉字当绘画。毛笔英语里称BRUSH，与画笔、刷子是同一词。国人编的汉英词典里给的是"WRITING BRUSH"，大约是以示区别的意思，不怕麻烦地硬译起来，就是"以鬃毛制成的用于书写的笔"。但好多老外不管这些，以为中国人都用画笔写字，实在有趣得紧。南京俚语，赞人有点本事，常说"有两把刷子"，这话懂点中文的老外听了去，很可能要理解成某人的汉字画得不丑。有老外跑到中国，发现这里的人居然跟他们一样，用钢笔圆珠笔写字，不免深感失望。好在想学书法不是难事，各种汉语短训班都开书法课。学生听说有此一举，照例兴奋异常，于他们，书法课和武术课一样，不像是上课，像节目。

　　这样的书法课上诞生过多少书家，我不知道，但我教过的一个法国学生，的确在几乎笔还提不好的情况下，向他的同胞成功出售了一幅"作品"。我是到法国教书后，听与他同班的中国留学生说的。出售地点是周末的农贸市场，据说卖了二十五欧元。中国学生很是气愤，因为写得（不如说刷的）不成样子，叫墨猪都是客气，而且书体虽是近于狂草（老外学书似乎尤喜这一路），绝对地得意忘形，中国学生还是在被告知写的是"龙飞凤舞"后，认定四个字没一个是对的。如此糟蹋中国书法，居然还卖了钱，不由人不生气。气愤的结果是，中国学生决心到巴黎中国城置办笔墨纸砚，再不打工了，上集市上摆摊去。

我不知道法国学生如何解释他的"作品"，比如那几个字是何意思？但买家冲着字像画才掏钱是一定的，有似图画的文字似乎正可助洋人遥想中国的神秘。我也不知道中国学生在集市上卖字是否有所斩获。在欧洲各处旅游，倒是见过由汉字派生出来的其他生意，比如在爱丁堡闹市区的旅游品商店里，就有上印汉字、类于贴画的玩意儿出售。这字却是端端正正的大楷了，每个字下面都有对应的英文名，架上有个牌子，上书"DISCOVER YOUR NAME IN CHINESE"。如果叫布罗姆（BLOOM），中文名自然就是"花"，哪怕你是写《西方正典》的那位男性名教授。

爱丁堡市中心一旅游纪念品商店，货架上方标牌上写着"发现你的中文名字"。

这是"意译"，还有一种字画，也是在名字上做文章的，却是以音译为本。不是书画合称的字画，是真正的字画——由汉字变形而成的画。在很多旅游景点都见到中国人在做这买卖。印象最深的是在佛罗伦萨，圣母之花大教堂一侧排了一溜，少说有十个摊位，著名景点金桥附近又是一溜。主顾报上姓名，写字的将其音译为中文，而后用笔醮了颜料，把几个汉字画成花鸟图形。现场操作，三五分钟一幅花花绿绿的花鸟字便告成功。旁边紧挨着的就是街头画家的画摊，画肖像的，画风景的都有，但这些写字的同胞全无艺术家的派头，甚至连小时常见的吹糖人的手艺人都不像。一问才知道，他们都是从浙江农村过来的，有的是在家就会这一手，有的是过来后操练操练就上阵。

　　可能会让相邻艺术家们不平的是，有时这边的生意比他们还好些。我问话间就有两个游客光顾，其中一老太太报上名字，且在询问之下又重复了两遍，似乎是CHRIS，几个相邻摊主议论了一通，方言听不懂，想来是商量如何翻译，过一阵几个花鸟状花里胡哨的字就出现在纸上，我能辨出是"克丽丝"三字。显然他们很敬业，找了个女性化的名字。其实老太太塞给什么就是什么。老太太问："CHINESE CHARACTERS？"（中国字？）这边一起点头。又问：

佛罗伦萨圣母之花大教堂一侧画花鸟姓名的同胞。

"MY NAME？"这边齐说："YES，YES！"于是老太太付了钱，捧了她的中国芳名心满意足地走了。

不知道老太太拿回家如何处置，也许随手一搁很快就找不到了，也许弄个镜框挂在墙上，后一种情形我在一法国人家里就碰到过。可以肯定的是，她绝对无法将那几个变态的汉字还原为正常的样子，如果要与亲友同赏，她唯一能做的，就是告诉他们，这不是寻常的画或图案，这是汉字，是她的名字。

——也算是一种中西间的交流。这样的交流充满了阴差阳错的喜剧性。汉字对洋人委实是一种诱惑，街上常可见到有人穿着印有汉字的 T 恤衫，而但凡与中国沾点边的海报广告上，多半都会嵌进一两个汉字，有些与内容根本看不出关联。那也无所谓，洋文对于我们是有意义的，而对绝大多数西方人，汉字没意义，只是一些美丽的图案，恰可传递中国的异域情调。

当然对有些人情况就两样，开始不过是好奇，由好奇竟然也就开始学汉语，于是同汉字的接触的经历再不是喜剧性的了。口语也就罢了，认汉字，尤其是写汉字，于他们简直是一种折磨。我教的法国学生读中文系三年级，居然没一个人能保证写一个简短的句子而不出现几个错字。这里添点，那里少点，看上去绝对是汉字的形状，字典里却是绝对找不到，令我想起多年前国内轰动的徐冰系列画，叫《天书》。

后来发现，他们写汉字绝对地不按牌理出牌，什么笔划、部首、偏旁都是不管的。有本英文词典就"字"给的例句是："汉字看起来就像一幅幅小图画。"这些学生也都把汉字当作画记忆下来，与其说是写字，不如说是画字。我曾试图规以正道，令其从记偏旁部首入手，结果徒劳无功，只好任他们凭图形学记忆"画"下去。因"画"法诡异，我时常看得不明所以。有次看一学生默词，写"照亮"二字。"照"是从下面写起，先是四点底，而后"口"，再往上面架把"刀"，"画"到此停下来，想了一会儿才又在左上角添了个"日"字。接下去的"亮"字倒又是先上后下，上边下边都"画"了，独缺中间一"口"，我忙道："错了。"哪知她并不停顿，胸有成竹地画完，空间还留得正好。而后睁了亮晶晶的蓝眼睛问我："我错了吗？"——一时语塞。

无地方便

很久以前，在什么地方看到过一个洋人在中国如厕闹笑话的段子，说一老外正逛街哩，忽要大解，即在陪同人员指引下进了一个公共厕所。陪同人员在外等候，不一会儿就见老外跑出来，问怎么坐，显然是首次遭遇蹲坑，手足无措了。听了解说复又急煎煎进去。不想过一会又跑出来，这回的问题是该朝哪头蹲下去，面朝里呢还是朝外。解除一切疑惑，实践了蹲姿之后，老外终于还是没能完成出恭的全过程，因为从来都是坐抽水马桶，蹲着解不出来。根据上述情节，我推断他进入的公厕应属较高档次，因当时公厕的一般情形是蹲坑没有门户或门户开放，只以档板相隔，等而下之的连档板也无，走进去就见一溜人半裸列队似地蹲着，姿态一览无遗。入这样的公厕，老外当知所取法，用不着一遍遍跑出来请益。

另一个段子是从一本人类学书上看来的。说太平洋一小岛上的土著人初见抽水马桶，弄一下水箱上的扳手，有水訇然而下，却不知有何功用，洗脸、濯足等等推测均被否定之后，终于断定是用来淘米洗菜，然而新鲜劲过后的结论是多此一举，且极不方便，遂弃而不用。

这样的笑话是不会出在我们身上的。一则开化已久，不比土著人的孤陋，二则若到欧美国家去，由蹲进于坐，是由低级走向高级，绝无困难，何况城市家庭里，早已由蹲而坐了。但是问题也不是没有，有时问题还相当严重。多数情况下，他们的厕所更先进也更干净，可倘若不知门径，简直就无地方便——我跑过许多欧洲城市，我们这边意义上的公厕，差不多等于没有。只有大商场、机场、车站这些地方可以十拿九稳地找到公厕。有的时候，如厕的程序会非常繁琐，比如旅游胜地威尼斯。我一下航空大巴就在火车站附近找厕所，找倒是不难找，旅游区公厕收费也是该的，问题是要排很长的队。队分两列，一列是单纯的如厕，一列则是如厕兼沐浴梳妆。怎么把澡堂开到车站，又和厕所做一处呢？这就见出洋人想得周到，舟车劳顿，灰头土脸，何以见人？讲究的就可以到这里一洗，出来已是焕然一新，至于梳妆，英文里 TOILET 我们也译作化妆间的。代价是要等。我无须这道手续，同样要慢长的等待，盖因此处便不分大小，人不分男女，都要等着叫号，进到一个个单间，而单间一共不足十个。"轮到你了，7号!"收费兼把关的冲我喊。计算了一下，几秒钟解决的事，费时二十多分钟。

比起来，这是好的，离开了上面说的那些场所，厕所便仿佛施了隐身术，走街串巷一小时也见不到一个，除非碰运气极巧合地撞上一个流动厕所。难道洋人肾功能强大，或者在方便问题上奉行曾国藩的"挺"经？倒也不是。实因别有去处。首选似乎是咖啡馆，因为到处都是。但我哪里知道？还是在威尼斯，遇到如厕问题。走过荒僻的地方，便宜行事的念头都有了，但即使到了国外，"五讲四美"也该讲吧？遂隐忍不发。疾走到大街上满处找，指示牌一个不见，于是逮着人就问，可怜我不知道公厕外语该说 PUBLIC CONVENIENCES，生造出一个 PUBLIC TOILET，好在那人颇能心知其意，明白所指，却又是摊手又是耸肩，说没有。后来好像突然回过神来，已走出一段距离又转身指前面不远处道："CAFE! CAFE!"我明白他是指咖啡店，不明白的是何以我要去厕所，他要把我引向那里。也许是让我买杯咖啡，顺便用下店里厕所？无奈之下，也只好如此了，便去。总不能直奔主题，先出后进吧？便先去柜台上要咖啡，服务生指了密密麻麻的菜单让我挑选，我哪能知道这些名堂，随手一指便罢。服务生极热情，一边调咖啡一边还好整以暇问我是不是日本人——什么时候了，还问这个！真正叫一饮而尽，而后自然是风风火火闯厕所。

事后想想，此举大有图穷匕首现的意味。完全可以做得从容不迫一点嘛，比如先点咖啡，示意服务生端到外面的桌上，自去如厕，释去重负，回头再坐下慢慢细品·只是那时哪里能够？后来我才知道，其实这些个做作都可以免了，进咖啡店说声"对不起，请问厕所在哪"就结了，店员会礼貌地给你指点，绝不会有异色，挡驾更是绝对没有的。我有时还是会买杯咖啡，多少是因为自己犯嘀咕，有占小便宜的嫌疑。这心病也许是在国内落下的。我们这里哪有到咖啡馆如厕的呢？似乎只有麦当劳、肯德基可以长驱直入，没人管没人问，而且管理得好，比别处干净，没异味，好多人知道这门道，把洋快餐店当作公厕以外的公厕了。

我曾把国内的经验移植到国外。有次在伦敦闹市区，经过一家肯德基，顺便进去解决问题。还是在国内惯了，进这里就没进咖啡馆的心理负担。也许各国人民拥有共同的经验吧，似乎有不少看上去像是来自第三世界的朋友，都视这里为公厕。店家难以招架了，便规定厕所只供工作人员和食客使用。不仅有安民告示，而且有具体措施，是就餐者均可得金属小牌一面，将此小牌插入厕所门上一孔隙中，门即打开，就像宾馆里的房卡，否则不得其门而入——绝！

我知道这"内幕"，盖因那次为上厕所又吃了一顿难吃无比的肯德基。

不识洗脚池

十平方米上下一间房，一桌，一椅，一单人床，一只书架，一个衣柜——我在法国工作时住的宿舍大概就是这样。只有两样东西没说在里面。其一是墙角的洗脸池。国内的宿舍不设这玩意儿，洗脸刷牙，自有公共盥洗室，通常傍着厕所，一字排开的水龙头，下面是一通到头的长长水槽，每日早上或入睡前张三李四手托牙刷茶缸，肩上搭条毛巾摇晃前来，是走廊里最常见的一景。狭小的空间再装洗脸池，似乎有点多余。

还有一样，与洗脸池望衡对宇，形似抽水马桶，初见时却是它不认得我，我亦认不得它。的确是像马桶，白色陶瓷的，蹲踞于地，大小与马桶无异。要说是马桶，却又无水箱无盖，只在沿口处有两龙头，此外下水孔太小又还带塞。但若不是马桶，这里要它何用？基于对西方人管理水平的信心，我不敢怀疑无盖是马桶失修，或者这里是老建筑，旧式马桶就这模样？但要那塞子干嘛？而且引我到住处的人分明告诉我，厕所在走廊里，难道那里供大解，这里供小解？盯着那东西左思右想，难得其解。彼时正需方便，不敢贸然行事，还是舍近求远，到公用厕所完事。

我应为自己的谨慎感到庆幸，否则就要大出洋相。第二天从一老外那里知道，那东西原来是洗脚池，与洗脸池正是一对。西方人通常不用脸盆脚盆之类，洗脸则洗脸池，洗脚则洗脚池，都是固定的，不能端了到处跑。这洗脚池不似现在国内某些高档宾馆又或富贵人家的按摩洗脚池，那被当作高档浴具，不属日常用品。洋人那里则不过是寻常必备之物，否则也不会在简陋的宿舍里出现。只不过在宿舍是因陋就简，通常这洗脚池都是安装在卫生间里。我后来住旅馆，到老外家做客，都曾见过。若不明就里，进卫生间见了或者要疑惑，又不是公共厕所，何以要有两只马桶。有个中国学生告诉我，他到西班牙旅游住的是一家家庭旅馆，那天游玩回来，一路不见公厕，回到住处已是十万火急，便径奔卫生间。这卫生间是公用，进去就见两抽水马桶，情急之间也未细辨，逮着一个就大行方便，完了之后要冲厕，这才发现逮着的这个并无水箱，待要打开上面的水龙头时，却又拧它不动，也就一走了之。偏偏房主不知为何事夹脚进来，闻有异味，发现有人将洗脚池作了小便池，遂大光其火，立院中高声詈骂历三分钟之久。

洗脚池算是认识了，但我一直不明白宿舍这样逼仄的地方再塞进洗脸池洗脚池是何道理，如同我们的宿舍那样的安排有何不可？也许这也是西方人隐私意识的某种显现？洗漱之类算不得什么正经隐私，然当众洗脚，或是乱头粗服示人，终是不雅，打理的过程最好也私密化。这事没请教过别人，所以到现在也只是乱猜。

园林是我们的好

　　曾经想用开单子的方式写篇号称中西比较的游戏文章，比如，"建筑是他们的好"，"东西是他们的好"，"价钱是我们的好"；"面包是他们的好"，"烧饼是我们的好"……如此可罗列上一大篇。后来认了真，一想就觉得哪条都值得怀疑：建筑是洋人的好？想想故宫，四合院、各地的民居，就觉得未必；烧饼他们压根没有，不具可比性，面包则最爱国的人也会承认他们的好，等于白说。最后只剩下一条，自以为不能算是偏见，曰："园林是我们的好。"

　　称"他们的"太笼统，后来才明白西方园林还有法式、意式、西式（西班牙）、英式之分。英式与法式差别还很大，一看便知，其他的如我这样的外行就有些拎不清。说园林是我们的好，假想的对手其实是法国为代表的古典园林。最典型的一处当在凡尔赛宫。到底是欧洲最奢华的皇宫，你可以明白什么叫作浓得化不开：巨幅的

1. 凡尔赛宫的园林，确乎"一览无遗"。　　2. 凡尔赛宫庭园内树木皆呈几何形状。

油画，描金的纹饰，猩红的帐幔，总之是金碧辉煌。不知别人如何，我是未转到一半已感压抑。这时张见窗外的花园，应是为之一爽的，却还是气闷。宫殿建在高处，从镜廊看出去，花园真正是尽收眼底，方方正正一绝对对称的图案，中轴线上是台阶、水池喷泉、雕塑，两边是花圃绿树，再往边上是大树夹持的两条宽阔的驰道。又有许多小道密布其间，将花草树木分割成各式各样的条块，端的横平竖直，一丝不乱，像煞一块巨大的棋盘。不拘大道小道，一概一眼望到头，所谓"曲径"是再找不到的，当然也没什么幽处可通。那无遮无拦、井然有序的架势，不知怎地让我联想到大型团体操。一座园林让人有此联想，总觉有些不对。

走入园中逛逛，越发觉得不对。看看那些奇形怪状的树，更对建筑学家将这一派称作几何园林若有所悟。却不是树自己长得怪，是被大刀阔斧修理成各种几何形状，圆锥、圆柱、正方、长方，好像到处排列着大个的绿色积木。国人弄盆景，是把枝干往曲里弄，洋人治园艺，是一概朝直里整。树干上顶个立方体，老外怎么就不感到怪异？我甚至要怀疑风过处，这立方体里是否会发出婆娑之声。想象树冠原本的形状，再看眼前的模样，我的感觉是不啻遇到了最最怪异的发型。不过由此也就明白了，这园林的一丝不乱，不仅来

罗丹故居庭院内。

自整体的布局，还与树木的整治有绝大关系。

在园中转了一大圈，发现竟没处消消停停赏景，水池边、台阶上倒是坐满了人，却哪里比得了我们的亭台楼阁？园林本是游息之地，这里"游"是在笔直的道上走，"息"却是往哪里"息"？不期然地想到两位古人，一位是写《病梅馆记》的龚自珍，他若见了满园的病树而又在想着劝天公"抖擞"，也许第一项内容是把这园子给毁了。第二位是陶渊明，入得园来，却是向哪里坐卧？即使醉眼朦胧，对着满目的几何图形，怕是也"悠然"不起来。

街头的巴赫

夏日的欧洲，无数的人在度假，较平日更有一种节日的气氛，走到哪里都好似歌舞升平，借用海明威的书名，像一席流动的盛宴。

构成盛宴一部分的，是越发多起来的街头演出。我们更常用的词是街头卖艺。主体既是街头艺人，他们当然也是卖艺，但"卖艺"二字不知为何，多少让人觉得有几分辛酸，也不知是否我自己容易往"旧社会"、"跑江湖"上面想——影视或文学作品中写来，都是一把辛酸泪。再就是平日所见了——似乎多是残疾人，盲人尤多见，我就不止一次在路边或是菜场附近看到盲人拉着二胡唱《血染的风采》，那可以说是乞讨的一种形式。我去学校的路上几乎肯定会遇到一位老者，他有固定的地点，坐在路边的树卜荒腔走板却又不紧不慢地拉二胡，身边有只供人往里扔钱的小铁罐，逢人经过就笑着示意，让给他些钱。

在欧洲撞上街头献艺的机会较国内要多得多，但献艺的人中从未见到过老弱病残，此外卖艺时"讨"或有之，"乞"则未见。境况不一样，对尊严的理解可能也不一样。有次在巴黎遇到一位弹吉他的弹到车上来了，一曲弹罢便托了帽子走了一个来回，却不打话。在封闭的空间里，谁也走不了，我发现车厢里的人都在顾左右而言他，有点窘。最后无一人掏钱。弹吉他的见状做个自嘲的鬼脸，在吉他上一个轮指，铮然一响，说声"谢谢"便下车，洒脱得很，大有扬长而去之概。

　　这是不常见的，街头卖艺通常都在稠人广众、游人如织之地——广场、旅游景点、地铁、公园。吹拉弹唱、活雕塑、走钢索、跳探戈、扮小丑……五花八门——与我们这边的瑟缩于某个角落，判然有别。最常遇见的还当数街头音乐，器乐多，唱得少。

　　照说街舞、摇滚之类应该更平民化，现在欧洲音乐会观者众而又"群情激昂"的，也多是摇滚一类，谁料在街头倒是难觅综迹，我所见的几乎都是古典一路，要不就是从美洲来的印第安人的乐队，或是演奏乡土风的曲子，类于我们所谓民乐。大概大家要的是主流的享乐主义好心情，谁也不想在度假、旅游之时来一通反叛，或是发泄，正像大多数人家客厅里挂的画都是怡人的风景、甜俗的美人以为温馨的点缀，而不肯弄幅蒙克《嚎叫》一类的画来找不自在。

我不会幼稚到仅凭浮面的印象就把我们这边的卖艺与那边分成斩然的黑白世界，以为那边就是天堂乐土。我在里尔的广场一带见到过印第安人乐队被警察驱赶（虽然是以极礼貌的方式），在地铁里看到俄罗斯人的乐队偌大年纪的人起劲地唱前苏联歌曲，也会揣想热烈的气氛后面，这些现而今的穷人流浪的辛酸。

　　只有一点是可以明确分出高下的：那里的街头演出，水准实在高得多，有不少，简直就是专业级别的。在布鲁塞尔大广场附近的街角，曾遇到一个唱美声的，引吭高歌《图兰朵》里的今夜无眠，唱得声情并茂，也许是音乐学院的学生，在我们这边简直难以想象。又一次是在布拉格的查尔斯桥上，已是夜幕降临，一个艺人点了枝蜡烛，在蜡光里拉舒伯特的《圣母颂》。按说这样的曲子，在人来人往的桥上拉不大相宜，未用扬声器，提琴的声音在江风中也有点弱，穿了黑礼服的瘦削男子却兀自很投入地拉着，围了一圈的人居然都静悄悄聆听，一曲过后，是有礼貌的鼓掌，往地下的铁盒里放钱，那人一声不吭，鞠了一躬就扬起下巴拉下一曲，神情高傲得就像他是帕格尼尼。

　　但我印象最深的一次却是在威尼斯。那日正在小桥流水之间流连，忽有一阵乐声传来，随了风若隐若现，乃是巴赫的赋格康塔塔。

2

1. 巴塞罗那市中心一隅的卖艺者。　2. 巴塞罗那街头卖艺人，弹扬琴的，少见。

我以为哪家教堂里开音乐会，门开时声音就飘出来。循声走去，乐声越来越清晰宏大，且有管风琴特有的那种波涛汹涌的感觉。不料转过一个街角，却见一个中年男子站在那里拉手风琴，乐声正是源自这里。他的表情像巴赫的曲子一样平静、清澈，比起在布拉格遇到的那位提琴家，更是不亢不卑的。那情形不亢不奇怪，不卑有点难，因为大概是上午的缘故，游人都在去到某个景点，匆匆地从他身边过去，而他兀自平静地拉着，拉得很巴赫，即使站得很近，我还是觉着有管风琴的味道。

　　我独自站那儿听他将一曲奏完，并且是唯一的一次，向艺人的钱盒里投了点钱。

洋中餐

一

近代以来中国人在洋人那儿吃了亏，再也不能关起门来自赞自画。于是不免要把自家的家底翻出来重新掂量，这就觉得在时代潮流面前老古董真是诸般不宜。旧戏、中医、文言文……有"中国特色"者差不多都被批过了，唯有中餐，似乎是漏网之鱼，至少是从来没被大张旗鼓地骂过。上至伟人，下至百姓，国人或以言论，或以胃和舌头，莫不肯定中餐的优越。孙中山是主张向西方学习的，他的一番中西比较显然是对"中"不利，不过他对中餐却极有自信，认为是天下第一，实应走向世界，发扬光大。

中餐天下第一的说法西方人也许一万个不答应，但中餐对世界各地的"入侵"却是不可阻挡，据说巴黎一地，大大小小的中餐馆就有一千多家。这数字你不信我信，我走熟了的一条大街上，中餐馆就有十几家，几乎可以套得上"三步一岗，五步一哨"的说法——这可是在号称美食大国的地界。不光大都市，整个欧洲中餐馆可说是遍地开花，在欧洲旅行，乡村除外，我就没见过找不到中餐馆的地方。洋快餐已然到中国落户了，那声势却绝对没法和"入侵"的中餐相比，若就饮食文化的输入输出算本账，算出来中餐肯定是大大的顺差。

　　不过我们也别先忙着得意，以为老外的舌头和胃已然被我中华大餐俘虏。洋人问津中餐，似乎应从"李鸿章杂碎"算起。"杂碎"以中堂大人命名，其由来梁启超早在游记里考证过，是李鸿章在美所食中餐的笼统说法。后来又有考证，说是有那么道菜，"榨菜炒肉丝"是也，菜单都发掘出来了：主料而外，还加些青椒丝、笋丝、蔬菜丝。照此菜单，"杂碎"殊非中餐精华，家常菜而已。现而今"李氏杂碎"早已销声匿迹，中餐馆再不以此相号召。但若以此断定西人对中餐妙处大有领悟，已然登堂入室，却又大谬不然。到那些通常是洋人光顾的中餐馆转转便知，较之"杂碎"，原料、烹调手段也许是讲究了，不地道却是依然如故。千真刀确是中餐，却又总有那么点不是味。倒不是见到洋人使刀叉对付中国饭菜颇感怪异（中餐馆大多筷子刀叉并举，老外通常选择刀叉，筷子几成摆设），是照着我们这里的标准，那色香味都有几分可疑。川菜乎？粤菜乎？淮扬乎？都不是，你无法说出那些菜的来历。炒菜乎？烧菜乎？似在两者之间。说是炒菜吧，不像这边小馆子里的油汪汪，也不像大馆子里的嫩爽，总是糊糊塌塌的一堆。奇的是，面向洋人的中餐馆菜单好似一个模子出来的，而所谓炒菜也是一个路数。中餐馆没有连锁店，却显然在本土化的过程中九九归一了。

我认识的一位中餐馆老板是绝对的中餐优越论者，有次向他抱怨学校食堂里的饭难吃，他很有几分夸张地说："那是什么？那是猪食呀！"但他做的中餐却有几分向"猪食"靠拢的嫌疑。要掏洋人的腰包，就得先迎合他们的舌头和胃。

他告诉我改良中餐的招数大都忘了，只记得好多菜都要放蕃茄酱。

二

好多年前，湖南路有家面馆开张，号称"美国加州牛肉面"。既在闹市区，又有"美国"相号召，自然是食客盈门，高峰时甚至要排队。有次路过，凑热闹来了一碗，吃不出"美国"在哪里，红烧牛肉面而已。唯一的"洋"味可能来自店堂的布置，类于今日国内的各种快餐连锁店，其干净、亮堂确实非当时一般面铺馄饨店可比。差不多的时候，夫子庙还有一家店，打出的招牌是"唐人街咸泡饭"，比起加州牛肉面来，更是可疑；西洋人向不以米饭为主食，如何会炮制出咸泡饭？说是韩国咸泡饭、日本咸泡饭还好些。即使是加州牛肉面，我也料定不是加州土产。西方人固然也吃面条，但汤面是没有的。我见过一荷兰人吃方便面，煮开后把水倒掉，拌上佐料下肚。告他应和着汤一块吃，他一脸的不解，意大利面条怎么吃，他就怎么来。

但我们也不能说那两家挂羊头卖狗肉，没准店主就是加州或纽约唐人街的美籍华人，在那边就卖这个，端到这边来卖，打上老家字样，也不能算错。只好比中餐穿上美国外套杀了个回马枪，出口转内销而已。问题是牛肉面店里还有关于来历的介绍，说得有鼻子有眼，就像是洋人的发明，害得不少人误以为真的开了"洋"荤，倒要对老夫子"口之于味，有同嗜焉"的总结，更加信服。

其实在口味上，普遍主义最是行不通，没什么比饮食习惯更顽固。真正的西餐来了，我们即使不是敬谢不敏，恐怕也是浅尝辄止。所以麦当劳、肯德基之流的洋快餐虽然在中国生意不错，连锁店一家接一家地开张，要想更上层楼，也得在"本土化"上想点子，于是"老北京鸡肉卷"、"寒稻香蘑粥"，又或"珍宝三角"之类，纷纷在中国登场。据说广东的肯德基还卖上了"凉茶"，——不仅中国化，而且地方化了。"加州牛肉面"、"唐人街咸泡饭"，还有麦当劳出品的那些，都可称之为洋中餐，前者是打"洋"旗号，后者则"洋"身份无可怀疑，说不上假李逵遇上了真李逵，但"加州"、"唐人街"没了踪影却是事实。毕竟招牌大，"抄袭"不免跌份，麦氏肯氏洋中餐都要弄出自家的配方，鸡肉卷没准是从煎饼果子、春卷又或北京烤鸭的吃法来的灵感，香蘑粥之类，当然是皮蛋瘦肉粥之类的变种。费心如此，年纪大的国人还是不买账，吃了多半也是陪公子读书的性质。小皇帝要吃肯德基，总不能干看着再到隔壁店里吃一碗大娘水饺。若是一家三代同吃，中生代满足了小主人，多半要用洋中餐敷衍老年人，食罢照例问问滋味如何。结果可以想见：人人都道好吃，实情是小的的确对汉堡十分满意，老的其实对"中餐"十分不满，果了腹之后继之以腹诽也说不定。

剔 牙

　　学外语看过一本介绍西方礼仪的小册子，里面说到餐桌上的种种规矩，其中一项，说吃完饭不可用牙签当众剔牙，手指伸到嘴里去搜剔捣鼓当然更是不可。这提示至少涉及牙签的部分是多余，因为后来发现洋人餐馆里根本不备这玩意儿。家里备不备不知道，到老外家去做客，搁下刀叉眼睛常习惯性地四处逡巡，却寻它不得，惦着国情不同，又不好问。若在国内，这时主人早已牙签侍候了。我因此怀疑洋人是不是不用牙签。但这怀疑显然站不住，记得西班牙小说《小癞子》里就写到剔牙，是说一打肿脸充胖子的破落贵族，穷到要不时靠分取仆人乞讨来的食物充饥了，却还每日穿戴齐整站在门口用麦桔剔牙，以示有肉吃，油水很足。《小癞子》写于十六世纪，即使从那时算，剔牙的传统也算源远流长。作者写成那样，当然是有意要出那人物的丑，但挖苦的是他的意在炫耀，一般人牙总还是要剔的吧？

我不幸长了一口乱牙，齿间缝隙多且大，一饭既毕，齿间总不免留下些残渣余孽，碎骨肉屑盘踞齿隙固然比不上骨鲠在喉的难受，但一样是不剔不快，此外偶有绿色菜屑粘上牙仁，一张嘴像是牙龈上已幽幽生出苔藓的绿意，也不雅观。所以饭后常要对口腔做一番打扫。我不相信洋人一概地牙口好，而且即使齿如编贝，也不可能天衣无缝。再说洋人吃肉比我们还多，塞牙缝的几率更大。

或者一塞之下，必留待睡前刷牙才来彻底解决？将心比心，我认为他们必有剔牙的冲动。不过的确一次没见过他们在人前剔牙。餐桌上既曰不可，何处剔牙呢？后来听说，都是背了人暗中进行。一个大的去处是洗手间。只听说对镜梳妆，这才知道还有对镜剔牙。西人的习惯，描个口红补补妆之类的，都要离了席自去处理，旁若无人掏出镜子粉扑弄将起来，就是失礼，当众剔牙，也是对他人的不尊重。化妆品各人用各人的，牙签也是自备吧？大概洋人看来，剔牙也属于"私"，有"隐"的必要。

因想到我们剔牙的"公开性"。在家中不说了，众人聚餐，往往于杯盘狼藉之后，人手一签，且谈且剔，话语与残渣齐出，饱嗝与喷声并举，端的是一签在手，更增几分酒足饭饱后的志得意满。亦有意下未足者，干脆弃牙签不用，徒手操练，有用食指者，通常则是四指拳曲，小指钩起探入口中，呲牙咧嘴，大掏特掏。相比之下，用牙签就显得斯文婉约，用手指才是剔牙人中的豪放派，想必另有一番痛快淋漓。如此形容，近于恶谑，其实剔牙上的中西之别，一取痛快，一要体面，未见得有高下之别。不能于第一时间仰在椅上悠然打扫战场，偏要躲起来向隅而剔，不独少了一份口腹之乐后的惬意，而且也败了谈兴。

但是国人剔牙的"公开性"，尚不止于餐桌之上。 在欧洲时四处旅游，见到同胞，不免多张两眼。见得多了，于各色人等的判别，已小有经验。若是有一帮人从餐馆中出来，穿差不多的西装，拎相同的购物袋，那必是公款考察旅游的团队无疑。一行中必有二三也许是位尊者，手持或叼着牙签，腆了肚子，不紧不慢踱着步，且行且剔。

是在人家地盘，可看那派头，确实是有威。那时谁要说中国人失去了自信心，我一定跟他急——打死我我也不信。

人民币本位

　　小时候爷爷奶奶从乡下来城里住过一阵，祖辈对孙辈总是倾向于宠的，所以很愿意亲近。只有一点，觉得很烦：他们常问我的这样玩具那样玩具多少钱，而后迅速做出某种换算，说这钱能买到多少多少大米。其实不止是问玩具，但我最烦的是说到玩具。第一，我觉得这样的换算很"土"；第二，我凭直觉悟到，老是这样唠叨，有大米作参照，自己日后缠着父母要玩具，肯定更容易遭到拒绝。

　　这上面父母的吝啬是否当真是受到大米换算公式的影响，无法实证。倒是后来，知道了货币制度中金本位制的概念后，立马举一反三，恍然爷爷奶奶心目中乃是另有一本大米本位制。所谓"本位"，便是择定一物为衡量他物的尺度，必要将他物折算为此物，才可有一种真实感，或者说，才容易形成某种更可感的判断。而充当尺度者，当然是生活中最熟悉最要紧的东西。大米本位之外，自然还有形形色色的本位制。比如我有一朋友，地道的发烧友，属碟友一脉，他便是碟本位制。十几年前，工资比现在低得多，碟片的价格则比现在高不少，他每拿到一笔稿费，便想可买几张碟，夫人要换个滚筒洗衣机，他就嘀咕，这可是一大堆碟呀。

这应该是以物易物阶段的本位形态，我的本位制级别要高些，是人民币本位，不过只限于一段时间。几年前去法国公干，刚到的那段时间，正在经历国人初到欧美发达国家时都会面对的价格震荡，这震荡因冥冥中某个换算公式的存在而愈发剧烈。每一次掏钱，不论买的是何物，都会本能地将欧元换算为人民币。我知道这很多余，但是到时候，不可救药地，自有模糊的算计，就像上网时一些广告窗口不招自来地弹出。在学校餐厅吃午饭，一顿是三点九九欧元，彼时欧元对人民币的比价大约是一比九，于是一顿饭三四十元钱的支出账迅即算出。这不是偶尔打牙祭，是天天如此，不算也就罢了，一算就觉奢侈得不行。一包万宝路四欧元，一只打火机一两个欧元，掏出的不过是几枚硬币，应作"散碎银两"看的，脑中却在那里数以十计，不免就心惊肉跳。在威尼斯火车站，如厕一次六角钱，不由就想，几块钱撒泡尿？由"亲身遭遇"，也就想到十几年前留学访学的人如何扛了几大件"衣锦还乡"。我发现甚至有些在欧洲生活了多年的人心中也还隐隐存着人民币本位，比如开中餐馆的小老板，唯有想着赚来的钱在大陆可以如何如何，这才构成想象中的衣锦还乡，在外面，那是衣锦夜行啊。

我的人民币本位症一段时间后终于不再频频发作——总得面对现实吧，你不能跑回中国去买东西。执拗地换算下去，只有把嘴扎上，别过了。只是偶或想到化几十块钱吃大食堂，几十块钱一包抽着难抽的外烟，还是有些不愤——所谓"到底意难平"。

自行车在欧洲

　　中国是自行车超级大国，无数的自行车蜂拥道上，是我们再熟悉不过的景观。我女儿上小学六年级，某日对我说，班上尚未学会骑车的，只有三四个人了，言下很有一种紧迫感。也可见虽无明文规定，学会骑车已是自主学习的一部分。此所以到国外之后看不到自行车，很觉诧异。起先看大街上车水马龙，总有不对头之感，却不明所以，直到有一天，在欧洲第一次看到自行车，方才恍然大悟——原来是为了这个。

　　其时我正在一辆长途车上，奔向到欧洲之后的第一个旅游目的地。路上无数的车。

　　正当圣诞节假期开始之际，两辆跑车五花大绑，固定在一小轿车的车顶上。我眼睛为之一亮，的确是久违了。却又不解：一个月下来，没见过人骑车，倒先见着自行车养尊处优呆在汽车上。若说刚买了车驮回家，却又不是新的，而且驮到高速公路上干什么？说是搬家，也不像。其后又看见几辆顶着自行车的小车驶过。待又见到一小车顶上倒扣着一条小艇，才算反应过来——感情就像驮着小艇到海边一样，这是把脚踏车运到度假地，在那里骑着健身哩。自行车在这里早已不是代步的工具，而属运动器械的范畴了。

真的，我在教书的小城阿拉斯没见过有人骑车，唯一的例外是后来的我。只有在乡间，小道上，运河边，才看到骑车的人，若不是在锻炼，便是郊外的远足或是野餐。我是在朋友家中发现一辆闲置不用的车，以为不加利用，未免可惜，遂向他借的。在反复强调了道上的危险之后，他允许我在其后一段时间里成为车的主人。可以担保，以在大街上骑车而论，我那段时间在阿拉斯是地道的独行侠。有个相熟的法国人有次在街上撞见我，眼睛瞪得老大，说，你敢在马路上骑车？！有何不敢呢？并无法律规定自行车不准上街呀。其实他的意思与借我车的朋友一样，是指不安全。这以后再遇见我骑车，他会撇嘴摇头，不以为然的样子，我读出的意思是，你们中国人真是不知珍惜生命！

危险的确不是一点没有，欧洲的马路只跑汽车，再宽的路也没有慢车道，只有人行道，要骑车就得与汽车携手共进，没中国那么

阿姆斯特丹，运河桥上的栏杆恰可停靠自行车，决无罚款之虞。

多人，汽车就得快，有时一辆车从身边呼啸而过，确乎惊心动魄。不过也绝对没他们想象得那么恐怖，当然我之所以神经强健，也许是在国内历练得多了也说不定。

我不能把话说绝，自行车一族在欧洲并非毫无生存空间，至少在阿姆斯特丹，可以看到当地人对自行车的钟情——街上骑车的人时有所见，最奇的是，运河许多桥上的栏杆都被用来锁自行车，也算是一景。不明白桥上何以成了存车处，想来我经过的都是闹市区，没地方摆放？此外还一条：在桥上有个倚傍。我发现欧洲的自行车大多是没脚撑的，骑到地方或往墙上一靠，或往树上一倚，或者干脆就往地上一倒。游牛津时我见到过极有趣的一幕，大学城与别处不同，自行车似乎是学生的主要交通工具，好些学校附近都可见到大片的自行车，有所学校，沿着墙躺倒了好几十辆车，大概是一一倚在墙上占得面积太大，没那么大的墙面，故而一概冲着墙，躺倒。这一幕有些滑稽，却是我在欧洲看到的自行车的最大的阵势，可以想象，一个来自自行车王国的人，目睹这一幕会产生的亲切感。

但这只是亲切而已，骑在车上，才会让你感到兴奋。有的时候，以你最熟悉的方式行走，你会不期然地觉得你与陌生的地方似乎有了更着实的接触，但凡在陌生的地方有车骑，我就有这感觉。最兴奋的一次是在奥地利的萨尔茨堡，我在火车站附近发现了一处租自行车的地方，十六个欧元租一天，真是大喜过望——虽然花在国内可以买半辆车的钱骑一天车有点肉疼。骑车在老城里转悠，快何如之？我因胯下的自行车莫名其妙地有几分本地人的感觉，事实上据我后来的观察，骑车的十有八九是观光客。

迷路记

　　一直没机会操练英语口语，以致最寻常的日常会话亦常是口不能言。没想到到欧洲后第一次出游，便将一句未必很常用的话操练得精熟。此语非他，乃是"我迷路了"（I GOT LOST）。初闻此语是在巴塞罗那一家青年旅馆的会客厅里，几个背包族在交流在此地游荡的经验，说到"GOT LOST"，众人都是一副深有同感的表情，察言观色，度其语境，我猜他们必是在说迷路。没多久一睡我上铺的巴西小伙子进来，气哼哼向我道出的又是这一句，说他花了一个多小时才摸回来。这几位入住时都驮着小山也似的大旅行包，显然是能征惯战之辈，勤于暴走之外，认路想必也不差，谁料都在老城区错综复杂的深巷里迷失了。我们的这家青年旅馆隐在小巷深处，其实距著名的兰普拉斯大街只有几步之遥，但出去转一圈，要不走冤枉路地摸回来，委实不易。

欧洲的城市，多半保留着旧城区，那些旅游城市就更不用说，旧城差不多还是中世纪的格局，其特点是街巷狭窄而又曲里拐弯，从地图上看，新城区通衢大道，横平竖直，旧城区则是密如蛛网的一团乱麻。稍不留神，即如掉入诸葛亮的八阵图，绕来绕去，终不得出。其实一天之内，我已两次迷失，不过并不抱怨，因为走冤枉路固是费脚力，却也常有意外之喜。比如巴塞罗那歌剧院按图索骥寻它不得，却在苦寻归"家"之路不得时忽地迎头撞上，而在中世纪迷宫般的小巷中乱转，本身也不无意思。所以我素来是抱逆来顺受之旨，行将错就错之计，既然常有意外之喜，也就更觉祸福相倚之说，确是至理。只有一回，在迷路时再无余暇玩味"福"的一面，从头到脚都是大祸临头之感了。

　　那一回迷路是在塞维利亚。出了长途车站天尚未晚，西班牙的冬日不似冬日，下午的斜阳居然也有春光的明媚，路边遍植桔树似乎是别处所无的一景，圣诞节刚过，顺理成章的联想应是白雪皑皑的冬景，不道这里满树黄澄澄的果实明艳照人，无端地有一种不同于圣诞的喜气。照例到旧城找旅馆——一者名胜古迹大多集中在这里，二者老旧房屋中开设的家庭旅馆通常较便宜。

　　寻找是无主题先行的，背着重重的旅行包，却还好整以暇出入了

塞维利亚老城区的小巷。

小巷深处的 HOSTAL。

三四家，在我这也是游逛的一部分，否则要进到老房子里去看看内部，真还师出无名。最后是在一条三人并行就有困难的小巷里找到一家，进去有个庭院，格局有点像走马楼，房间在二层，老旧不堪，关门开门也得费点劲，而且地面都不平，像是地陷东南，不过干净，还带卫生间，二十欧元一晚，正合吾意。

行李安排停当，并无一日奔波的疲劳，马上生出的倒是"一日看尽长安花"的冲动。出得门来来已近晚上八点，在北方已是家家闭户，街上人迹稀少，这里却无半点夜晚的气氛。有了住所，卸下了身上的重负，看小巷时成群的游人出没，我很夸张地想到一首诗的题目，叫作"时间开始了"。

漫无目标地遛达，兴致勃勃地乱走，看稍许空阔之地就有餐馆摆下阵势，处处座无虚席，那么多的人在露天吃喝；看路人侧了身避让，驾车人却开了车在小巷里游刃有余地转弯抹角；看旧城的城墙，转各式各样的工艺品小店；什么都当西洋景看，所见也真是名副其实的西洋景了。

欧洲的老城比不得现代城市的规模，饶是在小巷里信马由缰，东游西荡，一个多小时下来，也还是把旧城区穿了个透。一出来顿觉开阔，有阵阵清风拂面，原来是到了水边，这就是穿城而过的瓜达尔基维尔河了。这时大约已是十点了，河边还有不少游人，空场上鼓乐齐鸣，是一群中学生在操练。近前看了一阵，渐渐有倦意，于是决定打道回府。后来我知道，从这里到我的住处，不走冤枉路地过去，二十分钟足矣。事后我向人说起迷路的经过，卖关子让人猜这路走了多久，猜谜者"一小时"、"两小时"地往上加，眼睛随之越瞪越大，我像是有自虐症，带几分炫耀地公布了谜底——四个小时！

我得承认在认路方面的低能，事实上我怀疑进了塞维利亚旧城的腹地，再拎得清的人也会很快东西莫辨。我只是跟了感觉走，寻找印象中经过处的一些标记，不道很快就晕头转向，那些街巷没一条是直的，走不多远就折向别处，昏黄的灯光，石头铺的路，两边简直要欺上身来的斑驳的高墙，全都似曾相识，全都似是而非，待要往有旅馆灯箱处寻去，却又发现到处都是，方寸之地不知有多少家家庭旅馆。

初时并不慌张，因有迷路的经验，甚至还能维持几分游戏心态。但等到一个多小时后从小巷里出来，发现又走到河边时，不免焦躁起来。待要向人询问，住的又不是家大饭店，谁人知晓？而且西班牙人的英语拆烂污，以我差劲的英语讨教起来，必是问不清也道不明。不得已，掉转身来复又一头扎进那座迷宫。

此时的记忆似乎也出现了障碍，落脚处那家旅馆的庭院、楼梯、铁门，甚至店主那张沟壑纵横的脸皆历历分明，还有许多显得奢侈的记忆细节在脑子里不断浮现，只要见到那老头，那铁门，我保证一眼认出。问题是，怎么能走进那座庭院，见到那老头？只有不停地走。

似乎每一条巷子都有可能。于是不断地在一条条巷子里出入，这些陌生的小巷因我不止一次的误入行走已变得仿佛熟门熟路，只是那家旅馆仍然下落不明。好几次分明觉得已是近在咫尺，转过巷口就到，绕来绕去，却又回到原地。子夜时分了，我发现自己第三次站在了一处巷口的拱廊前。此时西班牙夜晚的热闹已然消歇，游人早散去，居民已归寝，商铺打烊，饭馆、咖啡馆闭门，万家灯火都已熄灭，只有暗淡的路灯亮着，眼前是一条又一条不见人迹的空巷。

人困马乏，一时间我有点怔住了，脑子里不知想些什么。一方面是颇富喜剧性而又文不对题地套用《共产党宣言》中的名句："一个中国幽灵在塞维利亚的小巷里徘徊。"另一面则又像是空白，我甚至疑惑自己是不是在做梦，真的到了塞维利亚吗？真的进过那样一个有庭院的家庭旅馆？那旅馆是否其实并不存在？那一刻塞维利亚老城于我成了一场不折不扣的梦魇。

我应该对塞万提斯说抱歉，塞城乃是他写作《堂吉诃德》的地方，书中单是塞维利亚的街巷之名就用过不少，有些据说至今未改，在此不追怀他老人家，脑中倒僭越地闪过卡夫卡的《城堡》，实在大不敬。当然那种恍惚只是在一瞬之间，毕竟比 K 先生正常得多，我开始冷静地思考回"家"的方略。可以向警察求救，这时忽想起，出门时兴奋过头，竟忘了记下旅馆的店名。此时搜肠刮肚，只想起灯箱上有 PENSIONE 字样，这却是"小旅馆、膳食公寓"之意，与店名无涉。警察叔叔总不能根据你描述的老头的脸或是楼梯的形状送你回去，何况就凭简单的口语，哪能道出细节？所以我只能靠自己。

这时倒有几分清醒了，知道这么瞎转下去是没出路的，必须将记忆整理一番。得从记忆中找到一个可靠的起点，可关于旧城小巷的记忆是没有起点的，有的是恶性的循环。我已不敢将这里任何一处当作寻觅的出发地，刚才已有这样的经验，从一巷口出发，很快迷失，追想来路，渺不可得，而后昏头昏脑，不知怎么又走到那里，起点乎？终点乎？每一处在记忆中都很模糊，这一番追忆不得不一再向前延伸，最后终于有一个地点清晰地浮现了，那是下车处——长途车站。天可怜见！我决定回到车站，从那里出发，像失忆症患者一样一步一步地重拾记忆。

主意即定，照计行事。首先是不管不顾地往外走，无论如何得摆脱与小巷之间的缠斗，到大路上再说。不多时"突围"成功，我发现自己第三次站在了瓜达尔基维尔河边。凭极差的方向感我也知道，车站距此很远，好像是在老城的另一边，但也并不沮丧。接下来的问题是，车站的方位究竟在哪里？此时已是万籁俱寂，唯闻河水流淌哗哗作响。我幸运地发现居然有一人立在河边吸烟，沉思的样子，从后面看去像是电影里的镜头。其人身材修长，面孔瘦削，丝质围巾，考究的大衣，神情气度都有几分像英国影星艾朗斯。我无暇想象深宵独立河边的背后会有怎样的故事，上前径直问路，那人颇觉突兀，倒是礼貌周到地为我指点路径，喜的是他开口是极流利的英语。我下意识里恐怕还指望他会主动提出开车送我，可惜这样的好事我没摊上。

不过弄明车站方位也尽够了，没说的，走吧。我知道取直了走会近得多，但仍沿大路绕道而行。也许是刚才与人说过话，干道上路灯不似小巷路灯的暧昧昏暗，偶尔又有汽车驶过，现在的世界仿佛要真实得多。也不知走了多久，在外围绕了大半个旧城，车站赫然在焉。由此我开始一点点回忆。初时进展迅速，不多时已经认定到了曾经到过的第一家旅馆。但是随着我再度进巷区，辨识又变得艰难起来。进过的第二家旅馆迟迟不出现，不祥的预感如愁云惨雾，悄悄地酝酿，

塞维利亚老城街巷之狭窄可见一斑。

小巷里的露天餐位。

越来越浓重地将我保围，当再次见到那座拱廊时，我已近乎绝望——也许今晚要露宿街头了。更糟的是，在我的想象中，事情变得越来越严重，我疑心天亮之后那旅馆也无处寻觅，如此我将失去所有旅行装备和电脑，以这样糟糕的心境，还能继续我的旅行吗？那么，筹划已久、还未及半的西班牙、葡萄牙之行将就此收场？

结局当然是喜剧性的。我麻木不仁地走着，迷糊想着是否要重新找家旅馆先睡上一觉，忽然福至心灵，蓦地觉得走过的一扇铁门有些眼熟。回过头走去细看，似乎不错，但此时我对自己的记忆已失去了信心，只是试探性地敲击。没有回应，加点力再敲，心里已打算如认错了门便称是住宿的。这时听见里面有响动，接着灯亮了，从门缝里可以看到庭院，与我的记忆极似极似，我兴奋又忐忑地等待着，而当老头那张脸出现在面前时，世界仿佛一下子恢复了它全部的真实性。

老头开门时嘴里一直在咕哝，显然是在抱怨凌晨两点多的归客。但老头的脸色于我没有任何重要性。上楼进得房间往床上一瘫，似乎也咕哝了一声，不是"阿弥陀佛"就是"我的上帝"。不管念叨的是何方神圣，表达的心情是一样的。现在想来，也可转译为古白话小说中的台词——《水浒》中的好汉往往在侥幸脱离险境后暗道一声："惭愧！"

防人之心

"害人之心不可有，防人之心不可无"，这是老话，谁都知道。祛除害人之心，那是自家修炼的事，可以不谈。防人之心则大有讲究，事实上这世故练达的话重心也在后半句上。问题是，防谁？怎么防？大略说来，熟悉的环境中，重点防犯的是熟人，陌生环境中，重点防犯的是生人。防生人和防熟人的办法当然不一样，熟人若要害你，那目标就是你，防不胜防；生人（我拟想的是小偷、骗子、抢劫犯之类）的害人则是随机的，逮着谁是谁，多防着点，躲过也就躲过了。所以，授人防范之术，是熟人，说来大抵笼统隐晦；防范对象是生人，那就明确具体得多。

我去欧洲之前，曾有出国经验的朋友就贡献了若干条极具体实用的防人之术。比如，现金绝不多带，大钞花整为零，这是防着贼惦记；购腰包一具，包不离身，这是防着贼（或抢劫犯）下手。还有更绝的，是一种特制的皮带，朝里的一面有拉链，拉开后可将钞票放进去，旁人再也想不到裤腰带里还藏着暗道机关，即或遇到劫贼，逼令你解下腰包也不会让你解下皮带。当然，让歹人对你根本不产生兴趣是最好不过的，所以又有朋友告诫，衣着不可光鲜，越敝旧破烂越好。

这最末的一条其实可以置之不理，因我坚信自家没有一件行头会让偷儿对我的钱包有所期待。而且何为旧，何为破烂，标准很难掌握。参照欧洲一般穷人的标准吧，其实无须化妆术，早已达标，若以穷人中的穷人——比如乞丐——为准，则其衣履的异于常人，破旧似乎还在其次，首在一个"脏"字。总不至于为了防人，整日将自己弄得囚首垢面，异味袭人，不成个样子。至于少带现金，这原本是金玉良言，欧洲人虽富，很少兜里揣着一百以上的现金，支票、信用卡之类，劫了去也是白搭，如此虽不能"御敌于国门之外"，至多也就是打破些坛坛罐罐。可是我在国内屡有信用卡被吞之事，在此语言不通，若是取款机犯了病，向谁拆说？如此想来，还是特制的皮带，最为切实。

是故在欧洲但凡出游，我便让皮带发挥保险箱功能，小额在皮夹里，大额便在腰间藏身。毕竟是新增的功能，无端就添出许多麻烦。首先钞票得折成细长条，盖因皮带虽为特制，也不能有钞票的宽度。

如此蹂躏钞票是否违法不去管他，要将八九百欧元纳入这狭小空间，拉链还须开合自如，就不是件易事。其次每晚还得造好明日预算，吃饭几何，门票几何，交通费多少，留得过于富裕，不啻增加风险，预算太紧不敷用，又有别样的烦难。

二月游佛罗伦萨，我因买了本画册，吃了顿馆子，囊中顿觉羞涩，偏偏信步逛到了美蒂奇宫，美蒂奇家族的收藏举世闻名，花园据说是典型的意大利式，与法式园林迥异其趣，似乎也不可不看。门票加一起，差不多二十欧元，排队快到售票窗口了，我才发现皮夹里只有区区六点几欧元。如何是好？当众掏钱包，光明正大，当众解皮带，那是有伤风化。环顾四周，宫殿前的广场，意大利的艳阳照着，真正是乾坤朗朗，一览无遗。待要"暗箱操作"，在外套下摸索，又因皮带须完全解下，空间太小，操作不便。而且身边的人看了，不知这中国人在玩什么把戏，稍不留心，钞票散落地下，众人见藏着掖着的，又叠得奇形怪状，倒要怀疑这钱来路不正。万般无奈，只好暂时离了队去找隐蔽的所在，出门在外，何处最私秘？——唯有厕所。我走了总有一里路，才在一家咖啡馆找到了如厕之地。一来一去加寻找，费了许多时间，还得重新排队，真是冤枉到家。

用特殊皮带之类，是化防人之心为防人之术；有了防人之术，防人之心也未必就会稍有懈怠。语言不通，人在陌生环境，不由地就会神经紧张，而且陌生的程度与紧张的程度经常成正比。我教书呆的小城阿拉斯，于我也是陌生环境，只因是居住之地，日子稍长，便再无异样感觉。实则我在此有过自行车未锁，十几分钟内即在眼皮下被盗走的经历，既便有此"遭遇"，暗夜行路，也还是毫无提防之念。出游便不同，去的地方从未去过，人一个不识，话半句不懂，尤其是一人独行，竟好似从一开始就加入了某个冒险故事。

其实未上路之前，凶险的氛围即已开始在身边酝酿。上网看看，多的是同胞被抢被偷的记述。听说你要出游，熟识的中国人一定会提醒小心护照钱包。如果你是去巴黎，多半会被告知巴黎"乱得很"；如果你要去意大利，会得知那里比法国乱得多；如果你的目的地是西班牙，则又会得到更不妙的信息，听上去马德里简直就是个盗贼的大本营。总之，你要去的地方，一定是偷儿成群，盗贼无数。倒也不全是危言耸听，我的五位到过欧洲的同事，便有两位着了歹人的道。

熟人忠告之外，你还有机会得到种种的提示。我初到巴塞罗那的落脚点是一家青年旅馆，工作人员或者看我是张东方面孔，引我入室指示床位之外，还特意让我看看墙上贴着的玩意儿。上面几种欧洲主要语言并用，我便找了英文的看。原来是让你当心手持报纸接近你的人，对卖花女子也须防范，没准他们是在伺机下手，谋你钱财。谨防扒手的提示，听得、见得多了，尤记过去上海的商店里，老头老太太端坐高脚凳上，操了上海话一遍遍地告诫，听在耳里，何曾当回事？在这里就不同，不看尤可，看了就觉出了门便是十面埋伏。呆在里面也未必就安全，因为上面接下来又说，在旅馆中也须注意钱物，曾有贮物箱被撬之事发生。

真佩服这份实话实说的勇气，也许只是分清责任之意，到我眼中却差不多就是承认此处是家黑店。我还真有些辎重，数码相机而外，因担心贮存卡不够用，干脆背上手提电脑。这时候都成累赘，好似浑身到处露着破绽。同住一屋的那些年轻人，对告示瞄上一眼，视若无物，他们为何毫无防范之意？人进人出，众人眼皮底下，好像要将电脑从旅行袋中取出，神不知鬼不觉转移到贮物箱，根本就不可能。何况上了锁的贮物箱不也被撬过？思前想后，终无万全之策，最后驮着电脑游山逛水去了。

但你总不能扛着电脑去洗澡如厕，青年旅馆的厕所浴室都是公用的，通常离住处还有点距离。如何是好？无奈之下，学了诸葛亮唱空城计，任旅行袋敞着，上边凌乱放些衣物之类，以示包内并无贵重物品。空城计唱得心惊肉跳，离开的那一会儿，也不过十几分钟。竟似有无数的罪恶正在那边上演。那一夜觉也睡不踏实，相机护照之类放在枕下，枕头是高了，满脑子却还尽是忧患意识。黑暗中将同室的七人一一想过，倒似在东方快车上排查嫌犯。哪一个都不像是歹人之相，一个个似乎都很"阳光"，自家做张做致的，简直是自己演戏给自己看。但既有防人之心，不免就要以小人之心度君子之腹，不似法官断案，守着无罪推定，倒像侦探探案，人人都视作嫌犯。听着周围此起彼伏的鼾声，几乎整夜没真正睡着，盹着片刻，醒来也要将要紧物件再摸上一遍。天渐放亮时，我对"枕戈待旦"一词，也算是略有所知了。

第二天起来，头件事就是找到一处有单人房的便宜旅馆，搬家。但是那张告示我一直铭记在心。从中我领会到防人的精义，便是——保持距离。离人群不能太远，距单个的人不能太近，所谓"保持"，就是要不即不离。单人房实际上体现的就是这原则，既在人群之中，又无亲密接触。行在外面也是如此，单个人最好不让他近身。当然人群的存在也很重要，把握不当，远离了人群，那又要大起恐慌。

在里斯本，难得的有过一次夜行。是游了最著名的城堡之后，在旧城的街巷里乱逛，不知不觉间，十点钟已过。离住地很远，想走条近道，便从大街踅进一条小巷。大街上明亮热闹，也就是几步之遥，这里就阒无人声，老房子夹出一条逼仄的道，葡萄牙特有的碎石铺就的路面，悬臂吊灯隔老远一盏，昏黄的光晕不给人明亮之感，反觉四处黑影幢幢，有种中世纪的神秘情调。那天下着小雨，看着雨丝在路灯昏黄的光晕里飘舞，听着皮鞋踩在碎石路面清晰的声响，真有不知身在何处之感。走了一阵，似听见我的脚步声外，又有一双鞋的声音。那声音就在身后跟着，不紧不慢。我忽然想起这一带是贫民区，有游记上说是犯罪率极高的地方。心里陡然一惊，不觉就加快步伐，旋即却又慢下，因想到遇狗时切不可拔腿便跑，一跑狗便追扑上来，不知为何，我认为这道理也适用于身后的人。

很想知道是个什么样的人，但不敢回头看，如是歹人，认出前面是张东方面孔，危险岂不更大？又想停下假装系鞋带，让那人走到前面去——走在前面紧张，跟在人后就自有一种安全感——但我也不敢。我于是开始举起手来，五指戟张，而后攥成拳，朝前猛挥几下，暗指望那人误会前面的人精通中国功夫，知道不敌，自行离去。这一套我旅行在外于无人或少人处常下意识地演上一番，也不知是否当真吓退过几个毛贼，倒成了给自己壮胆的仪式。只恨不能将指关节捏得嘎巴作响，否则应更有威慑力。然而又须保证动作幅度不大，

里斯本老城的下坡路，可想象其夜幕下的神密。

里斯本贫民窟。

让人看出此乃随手比划，练习练习，并无具体针对性，如果遇上一个楞头青，以为你在挑衅示威，那才是自找麻烦。

就这样心里七上八下走了好一阵，耳朵里除了脚步声便是自己的心跳。也不知过了几时，那声音听不见了。回过身来看看，一条曲折的碎石路发着微光，巷子里空空荡荡。

惊魂初定，再不想抄什么近道，赶紧走到大路上去吧。刚才只顾了身后，这时才发现前边还有一人，我一加快脚步，他也紧着走起来。我料定那不是歹人，而且急着回到住地，也不想许多了，还是大步往前赶。那人也越走越快，两人有几分像是在竞走，那情形让我想起小时骑自行车，遇有人从后面上来时，马上踏得飞快，没来由地一路较劲。但是那人快走到大路上时就慢下来，我恰在一盏路灯下抄到了前面，那人直喘气，像是走不动了，却原来是个老者，擦肩而过时，发现他在斜眼瞄着我，从那闪烁不定的眼神里我猜到，他一直感到身后的威胁，把我当成可疑的人了。

想想可笑，他那里提心吊胆，哪知道我正自心惊肉跳？正是：防人之心，人皆有之，东海西海，心理攸同。

闯　祸

据母亲说，我小时候算是老实的，不属"闯祸坯"之列。我的记忆也是如此，打架一类惊天动地的勾当，都没我的份，听人眉飞色舞谈起顽童时代的劣迹，有一度我甚至后悔怎么没打过群架，很不英雄，很是苍白。不过是个男孩，闯祸总是不免，而即使不算是闯大祸，像打球不小心弄坏了人家窗玻璃这样实在不上档次的事，也还是有大祸临头之感。

"大祸临头"当然是个心理学的概念，闯祸的等级与恐惧的程度，常常不成正比。大祸临头的感觉，因此在儿时出现的频率更高。倒不是人大了就不闯祸，正相反，大人闯的祸更不可收拾，只是不像小儿，对祸事的严重程度无限放大，弄到打坏一块玻璃也惶惶不可终日。

也不知为何，我总觉"闯祸"一词带有几分喜剧性，"祸"既是"闯"下的，当属无心之过，因并非有意，结果也就不可预料。

而立之后，"闯祸感"——这是我发明的词，即那种大祸临头的感觉——不大光顾了，不过也不是绝对没有，至少刚到法国时我就有机会重温儿时的经验。

人在陌生的环境中诸事不晓，有些像是回到了儿时的状态，容易闯祸；不知游戏规则，对事情严重程度的判断便没了参照。我刚到法国没几天便应一法国老太太之邀，去游诺曼底。第二天晚上在鲁昂附近一旅馆住宿，我的房间是公寓式，可以在里面烧饭，过日子的家伙一应俱全。这在国内没见过，颇感新奇，不免就这里摸摸，那里弄弄。有具老式的咖啡壶，旧得近于古董了，少不得也拿起来把玩一番，不知怎么一失手，将壶给摔碎了。地上铺着地毯，碎裂的声音并不清脆，但在那一刻，确乎"心里凉了半截"，好像整个楼都听到了。我守着"犯罪现场"等待服务员的出现，一面在琢磨怎样保持镇静，面带微笑向他比划刚刚发生的事。却是无人敲门。这反倒让我有充足的时间沉缅于"闯祸感"之中。倘在国内，就是原价赔偿的问题吧，没什么大不了。在这里就不同，首先是我不知那壶值多少钱，虽然并非真正的古董，眼下却是买不到的。其二，按这里的规矩，会不会要加倍赔偿？

我便去寻房里的旅客须知。这家旅馆许是不大接待外国人，居然只有法语的，看不懂。糟糕的是其中有一字样，我疑惑是"十"，而后便就这字眼做了阴暗的猜测性演绎：损坏物件，十倍赔偿。其时我正在经历初到发达国家的价格震荡，这一想脑袋都大了。那晚上觉没睡安稳，除了将想象中的巨额赔偿做种种推想并且换算为人民币之外，还有一不甚光彩的念头乘隙而入：既然无人知晓，何不一走了之？

第二天一觉醒来，阳光满屋，我忽然决定要做个堂堂正正的人。早餐时故作轻松对老太太讲了，请她代向店家"自首"，心里有种当杀当剐看着办的凛然。结账时老太太果然跟旅馆的人说了一大通，有说有笑，却不知说了些什么。除了房钱，并未额外收费。我疑惑她是不是把那茬给忘了，便问，她道，说了，没关系。一边说一边又转过身笑向店家解说，大概是说我的追问吧，那人遂对我说了一大通，笑容可掬，可能意识到我听不懂，又憋了句英语："NO PROBLEM！NO PROBLEM!"

这次的经历在很长一段时间里坚定了我做诚实人的信念，直到一个多月后我再次闯祸。

这是在往威尼斯的飞机上。飞机正往下降落时，口袋里的手机忽然响起来。飞机起飞时机上的广播三令五申，让乘客关闭一切通讯设备，我因通常没人给我打电话，根本没留意。带在身边，是当闹钟用的，这时不合时宜地铃声大作。马上就有一个空姐循声跑过来，我正在手忙脚乱地关机，周围的人眼光也都向这边招呼，等于抓现行。空姐长得挺像李嘉欣的脸因愤怒整个变形，这是我在欧洲见过的最漂亮也最严厉的一张脸，也是唯一一次受到大声的呵斥。她冲我高声咆哮，问我知道不知道有可能引发什么样的灾难后果。我懵了，兀自辩解我不是打电话，当闹钟报时而已。她更为恼怒，劈头盖脸又训了一大通，语速快，也没大听懂。但有一句，听得格外分明：你要受到惩罚的！

撂下这句话，空姐蹬蹬蹬走了。我被撂在座位上，忐忑不安地想象各种可能的惩罚：自然是罚款喽，怎么个罚法呢？记不起航空公司有何种条款。不管怎样，这比打坏咖啡壶严重得多了。下飞机时我一直在等着灾难降临的一幕：机舱出口处旅客络绎走过，空姐笑脸迎人地说再见，轮到我时，那个训斥我的空姐手一指："就是他！"旁边一位机场保安模样的大汉礼貌却又冷冰冰地对我说："这位先生，请跟我来。"而后我就被带走了。

但是没有。在传送带那里等着取行李时，我心里还在打鼓，想那一幕是否会挪到这里来上演，四处张望，巴望那美女千万别出现。谢天谢地，她没出现。我曾想这恐怖的一幕是从哪来的，想来想去，不是从书上，就是从电影里看来的。

直到乘大巴离开了机场，我还不敢肯定是否当真已躲过了惩罚，只是在威尼斯街巷里游荡，目迷五色，很快把这茬给忘了。十天过去，游威尼斯之后往佛罗伦萨、维罗纳转了一圈，又回到威尼斯，盖因我订的是往返机票，要原路返回法国。在验票登机的那一刻，忽地想起前情：闯的祸真的算是揭过不提了？莫非早已记录在案，反正我得坐他们的飞机回去，就等着秋后一总算账？一时间闯祸感汹汹然卷土重来。

但凡有起码的镇静，我就该知道，这样复杂的惩罚程式决计不会有的。但在陌生的地方，人会变得特别地没谱，没了谱，想象力就会毫无方向地四处泛滥。回过头来想，航空公司对我这样没闹出后果的闯祸，大约并无相应的惩罚章程，那空姐不过是恫吓加发泄而已，就像大人对闯祸的小儿做的那样，小儿犹自吓得不行，大人早忘了。

可怜年过四十，受此一番惊吓，上了飞机眼睛还在几个空姐脸上逡巡，不是寻美，是在担心发现对我怒目相向的那张漂亮的面孔。好像都不是，事实上那张脸连同与之有几分相似的香港明星的模样，在记忆中都已变得模糊不清。说我在飞机上一直处于紧张状态，言过其实，不过千真万确的是，到飞机落地，走出了机场的那一刻，警报才算真正解除。我得承认，这次我压根没动过向航空公司当局"自首"的念头：已然被抓了现行，未予处罚是他们的事，再者说，总算逃过一劫，跑去自投罗网——我傻呀？！

袖子问题

　　好多地方，都可见到"闲人免入"、"游人止步"的提示，"军事重地"、"仓库重地"、"办公重地"……不一而足。其实除非误打误撞，那些地方，真正的"闲人"，哪里会去？不管去到哪里，没有什么具体目的，才可谓之闲人。"游人"差不多就是"闲人"，而游人多本随便看看之旨，所到处，大体都属公共场所。

　　教堂、庙宇，不论东方西方，现在也都是旅游景点，某种意义上也属公共场所了。不过公共场所也不是什么人都能进，或不能随随便便进。比如马来西亚的伊斯兰教堂，即清真寺，非信徒的女流之辈就是不受欢迎的人，也并不是一概峻拒，不过如是穿裙子，那就对不起。此外不论男女，都得脱了鞋才能入内。印度教的庙也是这规矩。东亚南一带气候炎热，赤脚无所谓，我就想，那些有冬天的地方，清真寺里也都是光脚的吗？这规矩与气候有无关系？

锡克族的庙规矩还要大些，旧上海租界里裹着头帕的印度警察，上海人称作"红头阿三"的，其实都是锡克族人，我在马来西亚新山见到他们的庙，想进去见识见识，已然脱了鞋了，把门的（头上自然少不了标志性的、高昂船首一般的巨大缠头）还不让进，待他拿了块长长的纱巾反复示意，才明白是要裹了头才放行。裹成真正的锡克人那样太费事，备下给游人裹头者也不是正经白布（易污？），红黄蓝绿都有，象征性地脑后打个结，扎在头上即可。也不知多少人用过，总觉有股味，不过也顾不得了。拿给我的是条红纱巾，扎在头上百般不自在，看上去大约像个太平军或小刀会人士。

西方人的教堂似乎是没规矩的，除了提醒 No Flash，出入自由，再无别的注意事项。只有梵蒂冈的圣彼得大教堂，算是例外。教皇所在地，神圣中的神圣，有异于众，也是该的。其实也没什么，除了几个看上去像马戏团装束的瑞士籍士兵象征性地守着教堂一侧的大铁门（也是"国门"，既然大教堂差不多就是梵蒂冈国），看不出有何威严。可我们排着长队终于挨到入口处，我太太被门卫非常礼貌同时非常坚决地堵住了。问题出在她的袖子上。导游事先倒是交待过：圣彼得大教堂的规矩，上装无袖者不得入内。那一阵罗马大热，高温四十度以上，满大街都是穿吊带衫的女性，可我太太不是强项之人，亦未存侥幸心理，听导游说了关于袖子的注意事项，便从行李箱中找出一件短袖衫换上。图凉快，当然拣袖子尽可能短的，或者可称为超短袖。还让导游把关："这样可以吗？"导游看看，道："只要有袖子就行。"

但门卫在袖子有无的问题上显然与导游有不同的理解，或者说，尺度不大一致，而他无疑将超短袖与超短裙等而视之了，至少结果一样是不放行。我们连比划带说，与门卫反复讨论，词不达意，同义反复，中心自然关乎袖子的定义。若站在远处看，有画面而无声音，情形就很滑稽：我们不住地一手坦平，在另一侧肩关节处上下游移——割的动作，好像在讨论当在何处下刀。不幸的是，此时此地，关于袖子的真理，无可商量地掌握在门卫手里，导游的经验主义横遭否定。我们的愤愤不平加心急火燎，可以想见。刚性的定义讨论不出名堂了，又想以情动人，无非远道而来，游行团很快就要奔赴下一景点之类，结果不过是再次证明了西方人的认死理。

幸而想到给导游打电话，又幸而导游出于免去烈日灼肤的考虑，大热天也弄件长袖衬衫罩在外面，此时赶到事发地点便脱下救驾。也是心焦的缘故，不知是否还会另生枝节，我甚至想到这样换装就在门卫眼皮底下进行，到时他会不会说："我看见了，衣服不是你的，不行!"——当然，是多虑。门卫在意的是袖子的有无，而非衣衫的归属以及由此可能会引申到的虔敬问题。而现在，我太太衣衫上的袖子经得起最严苛的检验。

袖子问题，至此迎刃而解。

未遂行骗计划

　　平生最怕与衙门打交道，在维也纳游玩的四天里，居然"拨冗"往大使馆跑了两趟，也是奇事。简单地说，我被外国骗子骗了。被骗的过程，不说也罢，因为左不过是证明自己的低能。关键是结果非常之严重：不仅余下的旅行计划泡汤，回程车票都买不起。偌大维也纳，举目无亲，怎么办呢？只有找父母官了。

　　使馆教育处的办事人员很热情，待听了我的遭遇之后，热情加倍，让座，上茶，介绍情况，真有如归之感了。但是话一进入正题，说到借钱了，主事者的表情马上变得矜持起来。被偷、遇骗，跑他们这儿告贷的多了，他们的各项经费中却并无这一项。任我将情况说得如何严重，且以人民教师的身份赌咒发誓，他们还是觉得难办。如何是好呢？主事者就说起有一与我境况相似者，如何到警局开了被骗的证明，而后凭这证明，免费乘车回了住地。我知道这是在给我支招。虽然心里觉得这是个馊主意，表面还是作沉思状，似在严肃考虑此事的可行性。也是福至心灵，此时突然想起身上有张名片，是一同事给的，他此时正调在法国大使馆供职，说到底，这边最担心的也就是有借无还，有同行做保，或可网开一面吧？后来事情就变得非常顺利，这边电话拨过去，那边当即打保票。钱借到了，而且不仅是回去的盘缠，我开口借了五百，顺道游萨尔茨堡、慕尼黑的钱也有了。当下暗自感叹：朝中有人，就是不一样。

出得使馆，觉得天地焕然，落魄之感，一扫而光。然而人是不能飘飘然的，孟子说，饱暖思淫欲，我是在归路有保障之后忽地生出邪念。真是非常非常突然——如释重负之后又爽然若失，觉得当真没借到钱，从警局开个证明，路条似的一路通关，免费乘车回去，倒也有点流浪汉冒险的意思。紧接着就是电光火石的一闪念：何不权当钱没借到，冒他一回险？

什么叫"怦然心动"？那一刻就是的。我让那一闪念牢牢地攫住——没有什么比冒险更刺激的了，行骗则是最大的冒险。接下来的时间一直是在兴奋中度过的。我甚至把宝贵的游玩时间用于行骗计划的实施。第一步是去警局，这是平生头一回报案，有点像电影里的情形。时间，地点，被骗经过，罪犯长什么样，个高个矮，黄发黑发，不厌其详。一边问，一边记录在案。在教育处听说这一类案子维也纳很多，多出在中国人身上，从未闻有破案的。心里就暗想，也没指望你抓获罪犯，问那么细有必要吗？还画给我看？最气人的是两小时过去，问案已毕，要他们给开证明了，却道，他们从不开这样的证明。我力陈自家如何山穷水尽，警察叔叔动了恻隐之心，最后把长长的报案记录打印出来交给我，道，你可以试试。却又耸耸肩说，也许不能给你帮助。

沮丧、失望，可想而知。出了警局，恨得把报案记录扔了。但旋即将其捡回，盖因此时又生一念：何不当真试他一试？记录岂不就是证明？钱被骗了，回不了家，火车上人道主义总要讲吧？基于在欧洲半年多的经历，对此我想我可以有足够的信心。这一想反倒觉得更加刺激，仿佛冒险活动已然升级。若说原来是兴奋，此时则是进入了亢奋状态。亢奋到这天夜里两点还是双目炯炯。

一直在悬想火车上的局面。欧洲火车上车是没人验票的，可以堂而皇之地上去。当然，检票员会在某个时刻出现，接下去大概会带我去见车长吧？我就出示报案记录，说明原委。回法国要经过德国、比利时，比利时人看不懂德文的记录怎么办？或者，就坐一段尝试一下？躺在床上，脑中演绎出无数复杂的局面，并且暗中操练办交涉时可能要用到的英语。甚至最微末的细节都想到了，比如抽烟让人看到了，会不会引起怀疑：说是身无分文了，怎么倒有烟抽？理由也准备好了，就解释说原先买得多，剩下的。什么叫作"做贼心虚"？拟想那些复杂局面的时候，本人算是于亢奋中真切地体会到了。

很遗憾，最后我没做成贼。不是因为知难而退，也不是因为道德的考虑——是病了。就在各种方案在脑中演绎得如火如荼之际，忽然腹中一阵剧痛，接下来是腹泄，一小时去了四趟厕所。若在火车上如此，怎有精力憋英语办交涉，再则人家会不会以为我是装的？那可就身败名裂，也丢了国人的脸了。

真是好汉难当一病，几翻腹泻，竟将壮志消磨，本人平生规模最大的一次行骗计划，遂停留在未遂状态。

独坐咖啡馆

据说最能体现巴黎风情的，不是埃菲尔铁塔，不是巴黎圣母院，也不是香榭丽舍大道上的时装店、香水店，而是遍布街头巷尾的咖啡馆。旅游书上说，巴黎的咖啡店，大大小小有一万多家。然而欧洲哪个城市咖啡馆不是都市风情画的一部分？从卖的咖啡到店里的格局装潢，在我这外人眼里，巴黎咖啡馆与别处也没有太大的差别。之所以被渲染出特异的浪漫情调，想来还是这里的许多咖啡馆曾是名人盘桓的去处。海明威曾将巴黎生活比作一场"流动的盛宴"，这"盛宴"上最亮丽的风景，恐怕就是文人雅士在咖啡馆的流连。

"普罗科普"是伏尔泰的据点，"花神"是萨特和波伏娃时常命笔的所在，海明威则在左岸的咖啡店中盘桓。这些去处无须广告，游人自会按迹索踪，一路寻去。在巴黎前后呆了一月有余，竟未去这几处坐坐，一者因为要访的名胜太多，时不我待，二者据说这些去处如今也已颇多旅游色彩，店中除了服务生，恐怕百分百是观光客，所以有几次从"花神"对面走过，也只是遥看，未尝驻足。不过巴黎咖啡店，格局、情调多有相通处，随便找一家坐下，一杯咖啡在手，也可遥想当年的盛景。这些文人，彼时或已成名，或者还是籍籍无名之辈，进得店来，要上一小杯咖啡，就可以盘桓竟日。或晤谈，或论辩，或冥想，或读书报，或看街景，或埋头写作，咖啡的香味伴着雪茄、香烟缭绕的烟雾，不经意间自有一种波西米亚风情。

我最难想象的是咖啡店里的写作，窗外是五光十色的街景，周围是不算嘈杂却也清晰可闻的人声，萨特、海明威们倚着小桌一角，把笔伸纸，偏是文思泉涌，逸兴遄飞。咖啡也许可以助文思，但哪里都能喝到，巴尔扎克一生喝下的咖啡有人计算说是有几万杯，大多还是在他的蜗居。文人寻到咖啡店里来写作，贪的还是一种特别的氛围。有位久居巴黎的朋友于此颇有心得，坚称咖啡馆里写东西最是相宜，问问是何道理，却说要自己体验。一日在她家做客，想起有篇讲稿未写，晚餐为时尚远，屋里两个孩子在练琴，朋友便说不如带了纸笔去寻家咖啡店。

朋友的住处紧挨索邦大学，这一带的咖啡店三五步就是一家。她将我领到她常去的一处，跟老板娘热络几句，告说我不通法语，多多照应，便留下我独自体验公共场所如何酝酿灵感。巴黎当然有豪华的咖啡馆，像现在的"花神"，据说是桃花心木的护壁板，镜面的墙，气派得很。再如有次随朋友去一家如今已忘其名的咖啡店，只说里面厕所透明水箱里竟养着鱼，就可想见装潢的考究奇特。

但是最常见的，还是一些小咖啡馆。它们大多栖身典型的十九世纪巴黎建筑的底楼，门面不大，店堂也不深，论舒适论气派，与我们这里时兴的茶馆相比，远远不如。我去的这一家也是如此，坐二十来人，怕就要满坑满谷，桌小，椅子也小，而且桌与桌的距离很近，让你担心动作幅度稍大，就有和邻人发生亲密接触的危险。家俱装潢是老旧的色调，也确是到了老旧的年纪，地板上有明显的裂缝，深色的吧台、桌子边缘都已磨得见出木色。看着墙上挂着的油画，听着唱机里播放的音乐，真有一种时光倒流之感。

我知道我是来"写作"的，写上一阵，却忍不住就要将周围的人侦察一番。下午时分，也许不是营业的高峰，店里只坐了八九个人，吧台前的高凳上面对大街坐着个时髦女郎，姿态优雅地擎着一支烟，说不清是在看街景还是在等着行人欣赏她；一个西装领带白领模样的人站着斜倚吧台，正与老板娘说说笑笑；身后有位老者，面对着喝空的咖啡杯在打盹；邻座的一对男女嘀嘀咕咕，像是喁喁情话；

巴黎许多咖啡馆，就这么小。

那边坐着的几位，不时对着书本勾勾写写，或是拿了尺子圆规作图，显然是左近的学生在复习功课。这一带不是游客蜂拥之处，座中都不像观光客，也许最能见出巴黎咖啡馆日常的风景——随意，庸懒，透着家常风味。

奇的是，门外车水马龙，里面却似自成一个世界；小小的空间，邻座人语时或可闻，更有人大笑出声，里面的人却是各不相扰，好像谁都随身带着隐形的屏风；算我在内，有一小半人在"工作"，空气里却飘逸着一份闲情。

在咖啡馆里泡了两个多小时，想想写写，写写想想，不知不觉间，似乎也就做到澄心息虑，视而不见，听而不闻。想想平日，不拘写什么，即使安静如图书馆，也是难以下笔，那时就觉萨特所谓"他人即地狱"，确是至理。此番居然将讲稿写了个大概，令我赞叹巴黎的咖啡馆，实在有它的魔力。但是过后再想想，所谓咖啡馆写作，于我还是隔教。那些文人坐在咖啡馆便有灵感，我写讲稿不过是把肚里东西稍加整理，能写也只算是稍能排除干扰，哪里有朋友说的文思泉涌的神奇？再者，咖啡馆写作的神话无形中怕是有诱导的作用，来此部分的目的是体验，"主题先行"，心理暗示？有时就迹近演戏。就是闭目塞听的本领，也该打些折扣，因为周围的人满口法语我一窍不通，到耳中差不多就像鸟语虫鸣，有声音而全无意义。

　　但是不管什么写作不写作吧，不要任何理由，在巴黎的咖啡馆里独自泡上一下午，也真是不错。到欧洲以后，咖啡馆去过好多回、好多家，多是与人同去，要不就是冲着某个有名的咖啡馆，像在维也纳，端着架子去品咖啡了，进咖啡店变成了观光的一部分。小咖啡馆里独坐，便别有一种况味。坐久了，即渐渐生出闲散之意，周围的一切打成了一片，不扰你也不诱你，一时间好似成了背景，托着一缕似有若无的思绪。目之所接，耳之所接，一概地清晰而又模糊，分明在那里，却又像隔着距离。你和这个世界，好像是一种不即不离的关系。我忽然倒又想到，也许，这正是写作的境界？

教堂麻痹症

　　洋人来中国，必会看寺庙，国人游欧洲，必会进教堂。不拘国内国外的旅行社，只要是华人办的，旅行线路上，看教堂都是题中应有。我参加过一个从法国往意大利的游团，一路行去，到米兰是米兰大教堂，到罗马是梵蒂冈的圣彼得，威尼斯是圣马可，佛罗伦萨是圣母之花，比萨斜塔是教堂的钟楼，教堂自然也是必到……如此安排，惠而不费，因教堂一如我们的寺庙，照例不要门票，而著名的教堂于各国又都是国宝，值得一看。

　　其实无待导游，只要置身欧洲，尤其是天主教国家，你随时有可能与教堂迎面撞上。西人宗教文化之无所不在，看看教堂便可知晓。说有人家处即有教堂，算不得夸张，汽车在旷野行驶，络绎经过大大小小的村庄，待一片房舍进入视野，首先映入眼帘的，必是教堂的尖顶。城市里也无须专门去寻，最大的教堂必在市中心。欧洲旧城的格局大体相仿，市中心两处最抢眼的建筑，一为教堂，一为市政厅（TOWN HALLS），市政厅前必有广场，不远处即是大教堂，其他的建筑、房舍则如众星拱月，向外延伸开去。中国的寺庙多是依山而建，远离闹市，恰如朝廷与佛道的关系，井水不犯河水。欧洲城市中市政厅与教堂比肩而立，倒也将基督教文化教权与政权的对峙、缠绕，直观地呈现。

　　古诗里"南朝四百八十寺"的句子可让我们遥想佛教香火之盛，欧洲教堂之多，恐怕更有过之。威尼斯弹丸之地，便有教堂四百余座，全城的人同时进教堂做礼拜，想必空间上也绰绰有余（当然过去欧洲人的信教，原本差不多也就是全民性的）。中国的寺庙是砖木结构，不能久远，加上兵火战乱加革命的洗礼，"四百八十寺"那样的盛景早已不再。欧人的教堂却是石头建造，坚固耐久，历数百年风雨依然挺立。历代都有兴建教堂之举，旧的不去，新的又来，难怪如我这样的游人，有触目皆是之感。

　　有人说，游欧洲，最值得看的是建筑。最宏大复杂的建筑，则非教堂莫属。在画册、荧屏上见识过诸多著名教堂的雄姿，但是身临其境，还是禁不住对其崇伟宏丽惊叹不已。庙宇之美常在整个庙院整个建筑群，教堂则大多是单体的建筑，块然独存，孤峰耸立。哥特式教堂尤给人奇警之感，远观固然是壮观，走近了，立在正门前仰视钟楼，更觉一种慑人的威势。科隆大教堂就在市中心，穿过街市，转入一片稍许空阔之地，大教堂劈面就立在那里，没有任何的过渡，因此更觉突兀。几百米的高度，直上直下，加上钟楼尖塔凌厉如剑戟的造型，就觉汉语里状写绝峰的词语，什么"嵯峨"、"峥嵘"，什么"拔地而起"、"壁立千仞"，也是为它而设。

不拘罗马式、拜占庭式，还是哥特式，称为大教堂者，一概地规模宏大，许多大教堂都可容纳万人以上。米兰的大教堂更是可以容下四万之众。头次访佛罗伦萨的圣母之花大教堂时，内部正在整修，长椅、讲坛尽皆搬出，看去更觉空阔无比。登上穹顶最高处下视，庭中游人渺小如蝼蚁，有起重机开进里面来作业，那样的庞然大物，看去就似玩具一般。因想到，古时的公共场所，空间巨大的，当然有斗兽场之类，但以室内的论，当以教堂为最了。做礼拜好比信徒开大会，教堂也即是会堂，只是何曾见过这么巨大的会堂？

不仅是高大巍峨，而且极尽雕饰之能事。大教堂多为大理石建造，佛罗伦萨人似乎尤喜彩色大理石，几处教堂，正面均是以红、白、绿大理石镶拼的外立面，圣母之花属标志性建筑，更是通体以三色大理石包裹，配以橙红色的巨大穹顶，从远处看去，就像硕大

巴塞罗那皮拉尔圣母教堂内庭，两位老者在吸烟，光线里飘着烟雾。

无朋的奶油蛋糕。哥特式教堂外面看去都是单色的，引人注目的造型和雕塑，飞扶壁上立着一个又一个小尖塔，肋拱门一圈一圈，上面排列着众多的宗教人物造像，檐角又有无数的雕塑、浮雕作装饰。尖塔林立，层层叠叠，雕塑密布，俱各精美，原本造型远较罗马式复杂的哥特式教堂因此更形繁复。中国的麦积山石窟、龙门石窟等，均以佛教造像闻名于世，人称露天雕塑博物馆，欧洲的教堂则好似将石窟与庙宇集于一身了。

哥特式教堂的色彩要进到里面去看，狭长的彩色玻璃窗是此种教堂的显著标志。遇晴好天气，阳光透过彩玻璃投到里面，壁上地下，赤橙黄绿，斑斑驳驳。菊花形或是火焰纹的窗框将光影切割成种种图形，看去就似万花筒中放大了的碎影。彩玻璃上大多绘的是宗教故事，当然充满训诫之意，化作一片斑驳，也并不冲淡教堂内的凝重，相反，投入到空洞阴森的暗影中，愈见出暗影的深浓。不知设计者是否有意于陆离怪诞之中制造更多的神秘感。

一无神秘感的教堂也有。我在慕尼黑去过一个不大的罗马式教堂，内部装潢之豪华令人瞠目。巨幅的油画，金色的雕像，白色的浮雕，猩红的帐幔，神坛两边黑白两色的大理石柱螺旋而上，如长蛇盘绕，四壁是红色杂以白纹的大理石，门窗则以另色勾勒，巴洛

1. 保证教堂严肃性的措施之一，是宠物不得入内。　　2. 皮拉尔圣母教堂院内养着一群鹅，小孩颇得参观动物园之乐。

佛罗伦萨圣母之花大教堂穹顶下视。

克式华丽繁复的线条。满目是金碧辉煌，色彩浓艳到化不开，令人联想起皇宫或是歌剧院。我在里面呆了片刻，留下的全是淫靡、奢华的印象，还没来由地想到什么"饱暖思淫欲"。这样富贵气的去处，如何做到清心寡欲，心中唯有上帝，实在令人生疑。

或谓教堂是天堂与人间的接壤处，侍奉上帝之所，自应备极隆重。如果这理由成立，教皇所在地在教堂中就应该是奢华之最。事实也确是如此，梵蒂冈的圣彼得教堂号称宇内第一，不仅规模宏大，内部也是珠光宝气，若非圣像、十字架等的提示，就要有误入宫殿的错觉。难怪当年康有为游梵蒂冈时，会联想到秦始皇的阿房宫。阿房宫耗尽民脂民膏，秦王朝的灭亡与之不无关系，彼得大教堂耗去的人力物力恐怕更在阿房宫之上，为此教会出售赦罪券以填补资金缺口，直接成为天主教分裂、新教兴起的导火索。

饶是如此，此后的大教堂还是层出不穷。西方不知有无"盛世修书"之说，"盛世"大兴木土建教堂则是肯定的。对于各个时代的统治者和教会，修建大教堂就是彼时的政绩工程也未可知。毕竟是与上帝有关联的"政绩"，大教堂属万年基业，其兴建往往历时数十年乃至数百年，像米兰大教堂，十四世纪兴建，到拿破仑时代才算竣工。与我们的政绩工程相比，至少有两点值得称道，其一是主事者有耐心，不存立竿见影的念头，绝对不会搞成豆腐渣，其二是存得住，隔了几个世纪也还让人惊叹，觉着耐看。单从建筑的角度说，耐久而又耐看，应算是圆满了。

但是再美的对象，看多了也难免审美疲劳，何况我只能是观光客的身份，说到底还是看热闹之辈，壁画、彩色玻璃上的宗教故事多半无所知，于造像、雕塑、造型的宗教意味也终是茫然，教堂（包括一些没名气的小教堂）倒是耐看，无奈看的人没耐心了。初到欧洲时，几乎是逢教堂必驻足，必入内，必流连。我工作的城市市中心有座教堂，论规模，论精美，不要说在欧洲在法国，即使在所在地区也是再也排不上号的，因是初见欧洲教堂，还是兴奋不已，一个月内就逛过三次，以后游意大利，造访威尼斯、佛罗伦萨的教堂，那份惊艳的感觉是不用说了。算起来在欧洲参观过的教堂不下一百之数，到后来却是渐生倦意，自感已是患了教堂麻痹症。若非规模足以惊人、装潢令人炫目者，即使是旅游书榜上有名的，也是过其门而不入。

到此时看教堂也就同看好莱坞大片差不多，看的就是所谓大场面、大制作，总之是看热闹而已，再无其他。如此这般，教堂的真正妙处哪里领略得到？有道是山不在高，有仙则名，很多教堂，其

1. 鲁昂一大教堂正在举办一个铁艺展。　2. 鲁昂市中心的一处新式教堂,隔壁即是农贸市场。

1. 慕尼黑市中心一教堂内部，金碧辉煌。　2. 威尼斯一教堂内部，"浓得化不开"。

3. 圣母之花大教堂内部阔大，空空如也。

好处并不在其规模外观。在巴黎盘桓时住在巴士底广场附近，住处不远有座不起眼的教堂，有次进去听音乐会，偶然发现壁上有幅画，作者竟是德拉克罗瓦，一见之下，大有一种发现的喜悦。现在想想，类于这样的名家之作或是宝物，擦肩错过的正不知有多少。

患上教堂麻痹症之后，我其实还是教堂的常客，只是除了一些声名远播的所在之外，态度已是绝对的实用主义。那一年夏天欧洲奇热，在城市里漫游，路边道旁，通常是见不到树的，光天化日，没个歇脚处，这时候就显出教堂有意料之外的好处。简单地说，我把教堂作了歇脚纳凉之所。教堂总是门窗紧闭，凉风习习是谈不上的，但非同一般的厚实的墙壁也拒绝外面蒸腾的热气入内，里面巨大阴森的空间造就了绝对的阴凉，一入内便觉暑气全消。有一次在巴黎，许是一上午走得乏了，我竟在一教堂的长椅上盹着，醒来恍惚间不知身在何处。不远的地方有个老者仰在椅上，摊手摊脚地大睡，哈喇子流了老长，显然是我的同道，也提示我此时的身份不唯是观光客，也是纳凉者。不由想到某年南京大热，许多市民跑到开冷气的商场中避暑的情景。四处张张，教堂里的纳凉者却是不多，也许是对这神圣之地总还存着敬畏之意？

但我实在怀疑现代的西方人对教堂还怀有多少特殊的情感。即使在礼拜日，进教堂的也多半限于老头老太太，更多的时候，进进出出的都是些观光客。至少是对年轻人而言，教堂似乎已被遗忘。教堂成为旅游景观的一部分，对观光客而言，尚有一份新奇，虽说看多了不免麻痹，那么，本地人有的是另一种麻痹吧？我的学生告诉我，他的同学都不去教堂的，他们的父母也极少去。我认识的两个波兰女子和一个荷兰人倒是定期到教堂做礼拜，但从别人那里得知，他们或是有病在身，或是患过大病，加上在教堂里常见的老头老太太，不由让人推想今日的教堂与边缘人群（各种意义上的弱者）的某种关联。

很难想象教堂之于大多数人的精神生活还有什么深刻的联系，宗教对于现代人是否也只剩下装饰性的意义了呢？我对教堂在今日欧洲人的生活中扮演什么样的角色很感兴趣，也许是不知底里吧，我所见到的更多是对其世俗性用途的开发。旅游观光是不用说了，教堂还常用作展览场所，游鲁昂大教堂时，就正逢里面在举办一个铁艺展览，而在另一已忘其名的教堂，我曾经参观过一次很热闹的花卉的盛会。

当然，教堂更普遍的用途是开音乐会。在度假的季节，欧洲大城市里随处可见教堂举办音乐会的海报，像巴黎、布拉格这样的旅游

1. 始建于一八八四年的巴塞罗那圣家族大教堂，至今仍未完工。　2. 以教堂的音响效果，举办音乐会再合适不过。　3. 巴黎，皇家的教堂，几乎四壁皆彩绘玻璃。

胜地就更不用说，免费的或是收费的，同一时间在不同教堂里上演着的，怕是有几十场。如是收费演出，票价也要比音乐厅便宜得多。我得说在教堂听音乐会绝对是种美妙的经历，古老的建筑，在高高的穹顶下缭绕的乐声，委实令人陶醉。演奏、演唱的曲目有宗教性的，也有古典的，甚至偶或还有通俗歌曲，但摇滚之类却是从未听闻。我曾想象教堂里重金属起来是何效果，终于想象不出——大约在那样庄严肃穆的所在狂歌劲舞，确乎需要非同一般的想象力。

去教堂做礼拜、听布道的人少而又少，办展览、开音乐会，也是物尽其用之意，理当如此。我感到困惑的是，教堂已是如此之多（我想欧洲大大小小的教堂加起来，不说全部，也足可将欧洲一半的人装进去），居然还有新的教堂出现。鲁昂已有两座巨大的教堂了，一九八○年代末还又建了现代风格的新教堂。新建教堂通常规模不大，比起旧教堂的复杂堂皇，不免有几分简陋寒伧。但也有些自有一种现代的美，比如鲁昂市中心的那一座。问题是，就算是各有其美吧，建教堂总不是为了在建筑上标新立异。我拿这问题向人请教，已然门前冷落了，干嘛还建？得到的答案都不甚明确，我亦终于不甚了了。

阁 楼

因为有本美国成人杂志叫这名字，令这个词变得有几分香艳暧昧。我不必装纯洁，说自己对情色之类持"非礼勿视"的态度，但我感兴趣的肯定不是这一路的情色。听说《阁楼》倒了，有的说是要倒——倒了好。

"阁楼"与色情何干？我不知道，一如我不知道《花花公子》为何要弄只兔子作标志。英文里指涉阁楼的词有好几个：ATTIC、PENTHOUSE、LOFT 等等。《阁楼》"原名"PENTHOUSE，字典上说是高楼顶层的豪华公寓，有个朋友由此联想到"金屋藏娇"。我是照中文字面解的，以为就是寻常的阁楼，在欧美都是穷人租住的地方，距"深闺"不可以道里计，"藏娇"云乎哉？罪犯绑架了娇娃当作幽禁的场所倒更像些。似乎也在什么讲心理变态的电影里看到过。现在知道，实在该译作"绣阁"的。

我长久以来对阁楼一直有一种向往，不是因为"楼"中自有颜如玉，乃是因为契诃夫一个短篇小说的诱惑，这小说是刚上大学时读的，名为《带阁楼的房子》——朦胧而弥漫着诗意的意象。情节早忘了，只记得结尾处男主人公从女主人公的家怅然离去，在回望的视线中，女主人公居住的阁楼上，窗帘透出幽幽的绿光。

　　月朦胧鸟朦胧的时期已然过去，不过对阁楼的好感已然种下。待买房一说大兴的时候，我半是认真半是玩笑的坚持，要买就买一处带阁楼的房子。后来终于没有。假如买了，阁楼做何用途是无须考虑的——我要在阁楼上读书。做此想的看来不止我一个，这两天读君特·格拉斯回忆录《剥洋葱》，里边说到海边躺椅上读书的惬意，接下去就议论道："读书的好去处首推阁楼，出租公寓的阁楼上有扇天窗提供光线。"这正是我想象的阁楼：人字形结构的屋顶，斜面上有大大的天窗。但作家对"好去处"之"好"，语焉不详，总不能仅以采光问题即为"首选"吧？我之迷恋阁楼上的读书，还因为阁楼的"与世隔绝"，吃喝坐卧，都不在这里，人迹不到，可说阁楼上才真正是"躲进小楼成一统"，低矮的屋顶也有某种紧绷的愉悦。夜深人静，读书累了，可以掀开天窗，探身到外面伸个懒腰，仰头看一天的星斗。

但这都是悬想，直到前些年到法国去教书，才算是亲炙阁楼。法国老式的楼房，从巴黎奥斯曼时代的建筑到二战后建的那些，都有阁楼，实际也就是顶楼，有好多并非人字形屋顶，也无天窗，一个一个房间，与其他楼层无异，只是天花板低，窗户小（所谓"老虎窗"）而已。若是人家，多半只是堆放杂物，若供出租，或是旅馆当客房，则租金或房价要便宜不少。有次旅行，在鲁昂附近一小镇住的就是这样的房间，一天三十几欧元。

　　这却与读书无涉。也是天随人愿——学校的宿舍有一供住宿者活动的小楼，自炊、看电视、上网、温课，都可进行。因住宿的房间极逼仄，除了睡觉，课外的时间，住客几乎都呆在小楼里。我因不谙法语，通常不愿去掺和，而且看书时身边有人，也早已不习惯。孰不知有天夜里肚里闹饥荒，就去那里下方便面。夜深人静，人都走空了，也是好奇，就将楼中每一角落打探了一番，顺楼梯上到尽头，推开一扇门，里面正是阁楼，未加隔断，总有四五十平方，通的，梁柱都"暴露"在外，更"暴露"出屋顶的人字形结构，三四扇很大的天窗当头泄下银亮的月光，与立着的窗中所见，感觉又自不同。此处并非弃而不用，里面有电视，有沙发，有桌椅，布置成活动室的模样。但我后来发现，宿舍里的人宁可在下面扎堆读书看电视，不大上这儿来。这真是天赐良机。以后我就每天带了书到阁楼上去看，起先偶有人推门进来，多是谈情说爱的男女，发现有人捷足先登，说声对不起，撤了。再往后都知道中国佬准定在上面，即再无人上来。我也就老实不客气盘踞其中，将阁楼变成了我的私人领地。

也许是境由心造，我觉得阁楼上特别静，任是下面放电视、笑闹，乃至开 PARTY 沸反盈天，到这儿门一关，往沙发里一埋，似乎便"万籁俱寂"。一个封闭、悬空的小世界，仿佛有那么点远离尘嚣的味道。其实即使白天，附近也是安静的。当然晚上就更静，看书眼睛疲倦了，我会仰躺在沙发上从天窗看看天，或者干脆推开窗呼吸几口夜晚的空气。

从天窗探身出去与寻常窗户不一样，上面没有顶，就有露天的感觉，人虽还在房内，却又好似已在天壤之间，与自然有另一种亲近。夜晚的空气会因此特别地"沁人心脾"，而一派静谧之中好像也并不是绝对的静止，即使没风的时候，凝神细听，好似也有一丝似有还无，似无还有，若断若续而又均匀的声音在响，越是屏住了气去听，似乎就越是分明地存在，这是纯粹的夜的声音。有次翻看的是张岱的《陶庵梦忆》，过去看过的，重新翻翻还是看得身心俱泰，待弃了书掀窗探出屋顶时，吸一口气，分明是满身心的清爽，仰头看一天星斗，居然没来由地想，这就是"摇首出红尘"啊！虽然张岱书里传递的，恰是对红尘的眷恋。

比起这些来，其他的好处不足道，于我却并非不重要，比如这里可以放肆地抽烟。欧洲已然不允许户内抽烟了。小楼中人即使饭后要享受"赛过活神仙"的愉悦，也都是跑到外面去。以我之见，几个人桩子似地戳在门口吸烟，整个意趣全无。阁楼既属我的领地，吸烟便只是自我祸害，与人无涉。在住处和办公室，关起门来也可吸烟，但在办公室，要防着烟雾大了，警报声大作，在住处则因是真正的斗室，两支烟就可将里面熏得如同吸烟车厢，浓得化不开的、稠密结实的烟味。阁楼上地域辽阔，烟缕大有回旋余地，而且天窗有似小轿车顶棚上开的窗，可以空气流通，风却不是长驱直入式地进来，如此对那些希望不仅到口而且到肚的烟民，烟缕不会随风而逝。陷在沙发里，看烟卷头上的烟缕娉娉婷婷地缓缓而上，变幻出种种形状，及至最后的细若游丝，化于无形，实在是读书过程中惬意的一部分。

但这里的所谓"辽阔"也恰是这顶楼与我想象中之阁楼不符的一点——空荡荡地太大，如同一篇大而无当的文章。太大就不聚气，读书亦如此。我之不大习惯在图书馆看书，除了有许多人且须正襟危坐之外，有一端就是阅览室太大。这阁楼上装的是日光灯，也不讲究节约用电，要开便五六盏一起大放光明，每个角落都照亮，光天化日的，其"辽阔"暴露无遗，以我的标准，是将好端端的阁楼弄得不像阁楼。补救办法是自带一台灯上来，将沙发拖到就着天窗的某个角落，向隅而坐，背对那片无用的偌大空间，一灯荧然，或坐或卧地读将起来。这样的悦读实在是有些耽溺性的，有时候当真"不知东方之既白"。不过通常是凌晨两点钟左右，有些倦了，即挟了书下楼。若当日读的是一部称心的书，此时便有酒足饭饱的意思。弹簧门在身后吱哑一声关上，黑暗中走下螺旋的梯子，自觉像一个午夜幽灵。

恍 惚

身在异国，所谓乡愁这东西，多少总会有的，唯轻重与表现的方式，各有不同。我在法国一年，怀乡病并不时常发作，初到异地的不适症，敌不过好奇心，不经意间就过去，很多人觉得难熬的周末，好像也没什么过不去的。说周末难熬，实因法国人都开了车找个地方度假去了，街上也没我们这边节假日的热闹景象，除了餐馆、咖啡馆，商店一概关张，小点的城市，市中心一带而外，都像是一座座空城，冷冷清清。冷清也就清静，没什么不好，何况一有机会我就或近或远，到处去看西洋景。

所以朋友发邮件，以自己的经验推测我在陌生环境里必有寂寞孤独之类的感受，多有过来人的宽慰之语，我回说根本没那事，好着哩。自觉像个百毒不侵的高人。

但还是得意的早了些。时间长了，有的时候，一个不留神，也不为什么，就觉无聊起来。在国内并非就没有觉着无聊的时候，而且我也说不出，此无聊与彼无聊有什么本质的差别，不知是不是里面多了一重不真实感，就异样。生活在国外，与周围的生活其实是隔离的，若语言不通就更是如此，一样的吃喝拉撒，人却似沾不着地气，不想便罢，一想便似有一种漂浮感。好在这种时候不多，下意识地，我也有办法对付——虚拟地回一趟国。"回国"的便捷方式大致有三种：吃中国饭，读中国书，看中国碟。

这里面最靠不住的是吃中国饭。异国他乡，最先起来跟我过不去的，便是我的中国胃。安抚一下似乎不难，可以去中餐馆，也可自己做。无如中餐馆的中餐大多本土化了，虽然怎么着也不能说像西餐。自己动手自然好控制些，却也做不到原汁原味，一方水土长一方菜，我们那里的许多蔬菜这里没有，青菜就少见，豆苗根本见不到，还有些，比如菠菜之类，有倒是有，形、色、味，都不是一回事。最可气的是，猪肉跟我们的也不是一个味，红烧也就罢了，若烧汤就不能吃。我知道他们的猪吃起来安全得多，再不会有注水肉一说，可舌头不管这些，依然对我们那些饲料里不知使了什么添加剂的大肥猪无限向往。

与吃比起来，还乡最可靠的办法还是读中国书。这是可以携带的中国，哪怕是当地图书馆借的，也还是原汁原味。方块字总是让我感到亲切，在外边就更觉亲切。有这种体会的不止我一个。有个朋友，学外语的，后来在美国留学，苦读英文书的间隙，到中文书里喘口气，看上了就不撒手，声称还是这过瘾。他是在联合国科教文组织当过翻译的，英文之好不用说了，居然还说读中文才不隔，不用说我这样读洋文磕磕绊绊的。但只要是中文，他不挑，我挑，好像在外边读中国书更有一份对汉语的挑剔。网上浏览新闻之类也就罢了，捧一本书在手上看，下意识里似乎就要求那文字得有中国味。有一天，从图书馆里借了汪曾祺的集子，里面的作品大多读过，还是读得津津有味，而且比过去读时更觉沁人心脾。后来又去找鲁迅、周作人的书来看——好中国啊。其实也未必在意他们写什么，我眷恋的是他们文字中不绝如缕地传递出来的中国味。阿城的《威尼斯日记》也是那段时间读的，看书名就知道，是写那座著名的水城，可我还是仿佛呼吸到了中国的气息。我还记得那日躺在床上看这书，看一阵就惬意地坐起来抽棵烟，余香满口。

当然，更简单的法子是看碟，电影有声有色，最能制造幻觉，只可惜好片子比好书难找得多。大概就因为可以轻易致幻，好多海外华人闲下来就疯狂看碟，好几个熟人回国度假，见了面常会议论国产电视连续剧，报出一连串的剧名，结果发现身在国内的，这也没看过，那也不知道，不免大感诧异，殊不知他们对国产电视剧高涨的热情有一多半恰是因为时空的距离。

我在法国看碟的次数寥寥可数，一半是因其实思乡的时候并不多，一半是嫌片子太烂。有一回熟人跟旅行团来，给我带了据说很火的《英雄》和《和你在一起》，看了一半就罢了。但是有一回，却是印象深刻。那天不知怎么，特无聊，读高行健的《灵山》，怎么也读不下去，就把朋友借我一直未看的几张碟找出来看。

起先看的是《周渔的火车》，任是巩俐、孙红雷怎么使劲演，我对男女主人公的恋情还是莫名其妙，且因编导的拙劣做作，很是闹心，看不到一半，竟自睡过去了，也不知睡了多久，醒来口水拉了老长，电脑上一片空白。不甘心难得的观影活动这样败兴的结束，便放另一部，是根据张洁小说改的《世界上最爱我的人去了》，有点沉闷，不过还好，中国电影里这么表现母女关系错综紧张的，好像没见过，影像后面有一种狭而深的感受。这片子看完，睡意没了，索兴把剩下的一部也给看了。这是路学长的《卡拉是条狗》，起初也没当回事，看着看着，就觉一种熟悉的氛围在周围渐次弥漫，"中国"竟是要欺上身来。葛优演的那个窝囊的老二，还有他经历的那些事，都像就发生在刚才，在身边，看到他因违规养狗被抓上警车，好像自己也回到国内了。

后来将碟子还给朋友，顺便汇报了我的体会，还半开玩笑地上纲上线，判断的标准变成了中国不中国：《英雄》一塌糊涂，因其尽是华丽空洞的中国符号，其实中国整个缺席；《周渔的火车》很国际，国际得不知所云；《卡拉是条狗》很中国，从头到尾，中国始终"在场"。我并且杜撰了一个词，叫"在场感"，葛优的那个"老二"就让我恍惚如在现场，哪怕事实上身在万里之遥的法国。

那天夜里我的确有点恍惚。看完之后已是凌晨五点多钟，兀自没有半点睡意。夜的宁静还在延伸，静到似乎可以听见露水的声音，又似有若无地下小雨，七八颗星天外，两三点雨窗前？我就下楼去走走。住了大半年，宿舍周围一带已是熟得不能再熟了，此时看树的黑影、房子的黑影，前面那片泛白的空地，好似都陌生起来。忽地疑惑是不是有出国这回事，一时竟不知身在何处。还有，我怎么会在这里？——当然，都是《卡拉是条狗》闹的。

占 有

　　人都有占有欲，四大皆空的人毕竟不多。占有有多种方式，有实有虚，实的不用说，虚的，比如说，记忆，我以为就是一种占有形式。看过一本书，名为《我的一九六六》，这是通过记忆对过去时间的占有，假如我写篇文章叫作"我的欧洲"、"我的法国"之类，那无非是记下我对那里的记忆，而通过记忆，我们把某个地方"私有化"。

　　接下去的问题是如何才能拥有记忆，我指的是较深的记忆。观光客的记忆是最模糊不清的，去到一地，那里的一切往往只留下影影绰绰的影子。几年前我在欧洲四处游荡的时候，努力要让自己不那么像观光客，无奈存在决定意识，说到底还是个游人，没法摆脱那身份。退而求其次，趋于背包族比标准的观光客，总要好些，虽说背包族说到底也还是游客。

　　但做个地道的背包族须具备一些条件，比如得身体好，睡嘛嘛好，吃嘛嘛香，更重要的是有闲，大把可以挥霍的时间。本人在学校教书，倒算是闲差，法国学校假期多且长，加起来放假的时间在五个月以上，地道的有闲阶级。惜乎在国外不比国内，一者哪儿都没去过，白纸一张，想"红旗插遍"；二者做的是一次性的打算——再有机会到欧洲，不知猴年马月，即使重来，比起这一回，肯定更属匆匆过客，这就逼得你的旅行计划，向"一日看尽长安花"的模式靠拢。我倒希望像斯蒂文生在《驱驴旅行记》里描述的那样，在乡间、小镇慢慢转悠，像好多背包客那样，夏日里到湖畔诗人流连其间的湖区一带做徒步旅游，只是哪里能够？

那么，就只好满足于走马观花，在这范围里，"马儿啊，你慢些走"吧。时不我予，我的马儿无奈地出没于欧洲的大城市。也只有在大城市，似乎才有如何"慢"点的问题。所谓快与慢，是物理时间，也是心理时间，以我之见，多少都涉及到交通工具的选择。

大城市观光，去一处处的景点，最便捷者，当推地铁。像巴黎，似乎城市交通一大半都交给了地铁，地铁织就的蛛网将城市的每一个角落都罩住了，据说任何一个点，半径五百米以内，必能发现一处地铁站。车次多又有保证，再无塞车一说，不像等公共汽车，差不多总处在"翘首以盼"的状态。人生地不熟，语言不通，乘地铁更有超强的"纠错"功能——坐过了站、乘错了车亦无妨，免了每每乘车心中的忐忑。试想在公车上犯了同样的错，补救须费多少时间？地铁速度是最快的，能够尽快将你送到目的地，让你有更多时间在你想去的那一带多多盘桓，也就助成了"慢"。

但地铁不是哪个城市都像巴黎那样四通八达的，像斯德哥尔摩，就两条线，里斯本的地铁也不咋地。最大的弊端则是埋头在地下钻行，两眼一抹黑，兀自地道战，上面的一切全无概念。现在时兴的说法是"过程比目的更重要"，或"过程就是全部"，地铁是彻底反过程主义的，钻入地下等于将过程抹去，只剩下目的。于是你去的地方都成了孤立的点，彼此之间不生联系，一圈转下来，脑子里只剩下几个景点所见，城市却似许多个局部的堆积，印象模糊。就像一篇空有许多亮点却少必要过渡、论证的文章，往好里说，也是拆碎了的七宝楼台。

这上面就见出乘公共汽车的优越，慢自然是慢，反正都是西洋景，一路看过去，倒也不差。许多城市又有观光车，CITY SIGHTSEEING，坐在敞开的车顶上，更是惬意。只是乘公车并不能全然解决坐地铁的问题，闷在车箱里，与那地方似乎就终隔一层。而且快与慢、物理时间与心理时间虽可转化，毕竟存在还是决定意识。旅行团，特别是有中国特色的旅行团，可算快的典型，最是留不住记忆，有道是"上车睡觉，下车撒尿，景点拍照，回来什么都不知道"——话虽夸张，调侃中却也道出实情。跟团走也是汽车游，只是比公共汽车更来得干脆，是景点与景点的直线联系——公共汽车一站一站地停靠也免了，也就更无过程感。此所以好多人印象中的巴黎，就是埃菲尔铁塔、卢浮宫、凡尔赛宫的相加，古堡、宫殿、教堂，悬浮于巴黎之上，与这个城市全然是分离的。

要真正慢下来，我的经验，便是安步当车，迈开两条腿，走。军队打仗要攻占某地，纵使海陆空一起出动，最后还是要陆军插旗子，才算完成真正的占领，旅游中自不妨利用各种交通工具，然徒步行走这一招就好比陆军的行动，唯此才可达成一个地方的记忆的实质性占有。在欧洲各处游走，起先每到一地，若是中等以上城市，会马上去买一日游的联票，一票通吃，什么车都可上，省钱省事。后来发现这是多此一举，一来盲人瞎马，找到要乘坐的车就很费事，二来往往原要去某处，半道上忽又发现某个有趣的所在，眼睁睁看着从眼前消失，回头还不易找到。后来干脆就走，好在最感兴趣者，总是老城一带，凡老城，地界不可能太大，逛起来并不费力。——也不知为何，并没查过字典，"逛"这个字总觉与双脚的走联在一起的，慢慢地走才是逛的本义，坐在汽车上，即使开得慢，那也叫兜风。

事实上，有些地方远出于老城之外了，比如巴塞罗那，奥林匹克体育场所在的那个可以鸟瞰地中海的小山岗，距老城兰普拉斯大街那一带足有四五公里吧，我居然凭两脚也走到了。走这么多路，脚疼是自然的，但从此再无对走路的畏惧，到哪里都是以走为主。因为且走且停，一路看去，向朋友说起时我总在辨明一点：我那不属于"暴走"性质，是逛。这样一走，就走出了对那地方的实感与亲切，无形中仿佛有了一份熟稔。头一次独往意大利，在佛罗伦萨、威尼斯各住了三日，每日起来就那么走，逛遍大街小巷，其后与家人跟旅行团旧地重游，各有几个小时自由活动时间，我居然可以领着她们熟门熟路去转一些旅行团决计不会到而很有意思的地方，隐然那里真是我的"旧地"，让人没法不得意。

走之外，我"占有"异地的一个辅助手段是登高。欧洲许多城市都是依山傍水而建，居高临下，赏心悦目。而且在大街小巷里走，是入乎其内，登高四望，那是出乎其外，可有宏观的把握。对一地做整体观，有人对着一张地图就够了，我不行，地图上那些点线符号完全不能帮我建立起对一地的真实感。它的最直接的实用性对我

自市中心钟楼上俯瞰博洛尼亚。

登高远眺维罗纳。

也完全无效——密密麻麻，看着就头昏。是故尽管每到一地，会在第一时间买张地图，它的主要功用却是在事后特别是登高以后的"追认"——待一处处逛过了，我才辨得出纸上的东南西北，一处处地名也才明其所指，有了意义，可供"指点江山"。

登高的首选，也许是上山，巴塞罗那、佛罗伦萨、慕尼黑等处，我都上过山，布拉格、里斯本、萨尔茨堡则山上有皇宫或城堡，原本就要去的。甚至小城维罗那，我也特意往山坡上去过——何其秀丽窈窕。建在平地的城市无山可上也不打紧，老城的中心总有高的建筑可供登临，或是钟楼，或是高塔，或是大教堂的顶部，都对游人开放。较之上山，此种登临别有胜境，因在市中心，老城就在眼皮底下，觑得亲切。街巷，房舍，真所谓"历历在目"。是故若有可能，对两种形式的登高，我都抱定一个也不能少的宗旨，而欧洲各国素重文化遗产的保护，老城之内，大多是原封不动，断不会有摩天楼冒出来挡住视线，煞风景。

登高也应算是行走的延伸吧？话说至此，我以为"走"这一形式还没说完——骑自行车游荡也应算在"走"的范畴里的。这是我在欧洲旅行时最最梦想的方式。按照我们的概念，自行车当然也算交通工具（在西方则属运动或健身器材），但与汽车之类完全是两回事——

市中心高处看根特大教堂。

没有汽车产生的"隔"，却提供了时间上的余裕，随骑随停，自由自在，再逼仄的小巷，却也去得。是个"车"，便属借助外力，然自行车这件外物却可如影随形，身剑合一。最关键的是，它会让你产生一种恍惚身处熟悉环境的感觉，因大多数人只在家里才骑车，到外地则舍此车而乘彼车。异地骑车，至少在我，多少就有回家的感觉。故多年前若出游，目的地又有熟人，我多半会央其帮着弄辆自行车。可在欧洲，哪里能够？只有一回，是在萨尔茨堡，意外地发现火车站边上有自行车出租，真是大喜过望，跨上车的那一刻，陌生的地方直似变成了家门口。

与雨果为邻

　　如果可以选择，我更愿意与波德莱尔、普鲁斯特，或者和雨果同时代的司汤达、梅里美做邻居，这些都是我三十岁以后更心仪的作家。雨果？太阳光了吧？二十岁时读《九三年》，如醉如痴，上面这几位哪一个都不曾带来那样的激动。但那一小半是由于书，一大半恐怕倒是那个年纪，时刻准备着激动。他那里也许还是序幕哩，你已然把自己弄上高潮。当然，雨果的小说"气盛言宜"，差不多从头到尾都是高潮。你若不能维持在某种亢奋状态，就会觉得吃不消。

　　我知道说什么选择之类有点矫情，事实上知道与雨果做了邻居，有的是莫名的兴奋，我还从来不曾与一位大作家走得那么近，虽说斯人已逝，惟留故居，然而这也就足以让人浮想连翩。并非近邻，我住在雨果家隔壁的隔壁的隔壁，是一个朋友租的单室公寓，法国人称作STUDIO，位于一栋十九世纪初老建筑的五楼。这房子距巴士底广场不远，与孚日广场一圈的建筑则可以说是毗连着的，几十步就进入，向右一拐，便是雨果故居。

欧洲中世纪的广场，至少有一型，与我们的概念大不一样。往往是楼房四面围起，封闭在当中的一块，就叫作广场，有的其实一点也不"广"，不要说天安门、红场的开阔，就是与现在大城市常见的市民广场比起来，也显狭小，不妨想象成放大了的天井，连房子考虑进去，则是一大规模的四合院。孚日广场算大的，格局还是一样，四面都是三层的红砖楼房，三十九幢，一模一样，整齐排列的高窗，立面有白色的四方砖饰，对称谨严的布局，数学的精确与音乐的韵律感融而为一。这里最早是法王亨利二世的豪宅，称为皇家广场，到雨果在此居住时，皇家当然早到凡尔赛去了，雨果所居，也只是西南角一栋房（孚日广场六号）的三楼，大概二百八十多平米，但地处城市中心，又加房舍华美，怎么说也还是高档小区。我不知道雨果以什么为生，以住宅判断，他的景况虽无法和罗丹相比，较之司汤达、巴尔扎克等辈，却是好得不是事儿了。

雨果在这儿住了十六年，《悲惨世界》、《巴黎圣母院》都是在此完成。后书对那个庞大的建筑有极繁复绚烂的渲染，所以我总想象雨果写那书时会经常从我的窗下走过，散步到巴黎圣母院去揣摸他泼墨挥洒的对象，这是最近便的路，而到圣母院，步行只须十几分钟。每每从他窗下走过，则会遥想他写作间隙端杯咖啡站在窗前朝下张看时，会看见些什么。江山已改，广场上却应是风景不殊吧？是则进入他视线的就少不了将广场四面围合的高大绿树、齐整的草坪，对称分布的四个花坛、喷泉，还有中央的路易十三雕像。只是彼时必还有一种属于富人区的安逸，不似今日辟为公园后的闲散热闹。我很难设想一个安静的雨果。雨果当然是个属于广场的人物，但那应是万头攒动、群情沸腾的广场，登高一呼，就像自由之神引导人民前进。当然这是住所，运动、革命是在别处的。一个人的住所常是性情的外化延伸，以雨果对豪华、气派的喜好，他选择居住在这里，并不让人意外。他若是像潦倒文人那样住在破败的阁楼里，反让人觉得不对。

但是他家里面到底是什么样，我也不知道。并非不能入内，巴黎很多的名人故居都只有一块名牌，房子有居民住着。雨果是法兰西民族诗人，遗体入先贤祠的，待遇自然不同。故居早辟为博物馆对公众开放了，而且原非他居所的一楼二楼也成为博物馆的一部分。据说孚日广场的一仍旧观，也与市政当局要维持诗人当时所处环境原貌的决心有关。我之未能登堂入室，全因巴黎要去的地方太多，一日看尽长安花的冲动太强，与雨果为邻半个多月，从他门前经过少说也有五六次，居然都是过其门而不入。待到行将回国的前一天，终于下决心抽时间去了，却恰逢星期一，这一天巴黎大多数博物馆闭门谢客。所以我只能安于做雨果不远不近的邻居，偶尔点头打个招呼，无缘入室接谈。也好。

双城记

狄更斯的《双城记》写的是巴黎和伦敦，我这里说的双城没那么大来头，是比利时的两个小城——根特和布鲁日。

说根特小，是和我们的城市相比，只有二十五万人。但在比利时却是大的，排行老二，首都布鲁塞尔下面就是它。未去欧洲之前，有一画家朋友向我说起他旅欧留下的遗憾，其一就是未去根特，据说极其漂亮。这城市便在我心里挂了号。不想到法国刚十来天，一个周末，和我走得较近的两个学生问，想不想转转，比如亚眠？或者根特？根特？！我顿时两眼放光。

第二天一早就坐了学生的车上路。到根特九点钟光景，大约因为是冬天，整个城市还没苏醒过来，特别安静。其实直到离开，这印象也没变。一个旅游城市，怎么会给人这印象，我一直没弄明白。游人不算少，广场上献艺唱歌吹吹打打的也尽有，但还是觉得静。

也许与有轨无轨的电车有关？电车在我们的城市里已经绝迹多年了，在根特却是横贯全市，路面上是油亮的钢轨，头顶上是交错的网。不拘有轨无轨，电车在街角出现，行驶，停下，都悄无声息，也不闻到站的铃声，像一只轻手轻脚的猫。登上高处往下看，好多街道都覆盖着电网。街道两侧当然都是建筑，屋顶非黑即红，以黑居多，配上大多斑驳的墙，让整个城市显得古朴厚重，虽说两三层的房子看上去都很小巧，小巧里却依然透着朴厚，不是石头的也像是石头砌的。

身在高处，也更能看清根特在一水网之中，这水网是或宽或窄的运河交织而成，根特有小威尼斯之号，就是以此。坐船游运河是少不了的项目，看岸上的教堂、城堡缓缓向后移去，别有一番情调。头顶上不时有横过河面的三角彩旗，有一段却是一道道黑黑白白，定睛看时，却是一个个胸罩串成，绷在那里像网。都说比利时人老实，不想老实人也会搞怪。但也就是老实人的搞怪，威尼斯很"色"，根特一点也不，即使无数的胸罩在河上招展。

我不知道布鲁日与根特有无名分之争——它也号称"小威尼斯"。以"小"论，还是布鲁日名副其实，人口十二万，旧城区只有五千人。我去那里已是夏天了，车子从高速公路下来，很快就进入另一世界，

根特运河，通常拉悬三角彩旗的所在，绷着一串胸罩。

先就看到一湖碧水，天鹅、野鸭在水面游弋，那边有大片的浓荫，小巧的房子掩映其中，竟是一派田园风光。进到里面，城市才显现出来，但那真是一个童话般的城市。一样是水城，这里水网更密，更有水意，从建筑到城市的格局，桥、河渠，都比根特更精致，更玲珑。关键是，它更有古意。史上记载，十四世纪这里曾经一度是国际金融与交易市场，这时期，一栋栋豪华的商楼在兴建，德法意西苏荷等各国商人在街上出没，可以说是那时的国际化城市了。不想三十年河东三十年河西，十六世纪以后，这个城市迅速衰落，到十八世纪，已沦为比利时最穷的城市。那些古老而美仑美奂的建筑一面在显示昔日的繁华，一面却也在见证它长久的停滞。对观光客而言，那样的停滞不啻天大的幸事——时间仿佛突然中止，布鲁日在几百年前定格，而后，一下就跳到了现在。而现在，议题已不是发展，它有幸以近于古董的待遇被保护起来。

我在旅游指南上看到众多的名胜，但后来不及一一细看。更好的方式似乎就是随处闲逛。满目是古色古香的建筑——巴洛克式、新哥特式、罗马式，教堂的尖顶、钟楼，还有十六世纪的烟囱。停滞给了它难得的完整，以至于每一个角落都飘逸着中世纪的风情，难怪整座城市都进了世界文化遗产名录。

不像根特，布鲁日没有工业，它的特产是巧克力和传统手钩纱编织的花边制品。好像就该是这样。

遗憾留在辛特拉

　　我去葡萄牙的动机几乎是暴走族式的，假如"不到长城非好汉"可以算作这类旅行者的信条。目标，罗卡角，此为欧亚大陆的最西端，再往西便是浩瀚的大西洋。那里立有诗碑，上书葡萄牙名诗人卡蒙斯的诗句："陆止于此，海始于斯。"

　　我没有见到镌刻在石碑上的诗句——因为交通和时间的缘故，罗卡角根本就没去成。作为补偿，我去了辛特拉。辛特拉于我的里斯本之行，完全是一个意外。倘若行前做足了功课，就该知道它的名声——一九九五年，这小镇被列入了世界文化遗产。《环球》杂志的记者 H. 克里夫佐夫誉之为"月亮女神的庄园"。事实上最早为它做广告的是英国诗人拜伦，《恰尔德·哈罗德游记》第一章里就留下他的赞叹。浪漫派诗人的浪漫书写也许总要打折扣的，不过拜伦足迹遍欧洲，许为"伊甸园"的，也只有一个辛特拉。直到现在，关于辛特拉的所有宣传，其诱惑性都敌不过诗人一句"灿烂的伊甸园"。

拜伦的诗很早以前读过，也早就还给了诗人。我是在里斯本旅游书店里翻看画册时发现辛特拉绝美的风光，动念要往那儿去的。这要比往罗卡角方便得多，不到半小时就有一班火车，车程也就不到半小时。皇家离宫的所在地，通常也不会离得太远。后来发现，欧洲许多都城附近常有因建有皇室离宫而风光无限的小镇。

但辛特拉被选作皇家度夏之地，实因这里本就风光无限。谁也不知道伊甸园是什么样，拜伦也不知道，令他将二者联系起来的，想象之外，或者是画家的描绘？我印象里看过的伊甸园题材的画，背景似乎一概是如茵的芳草和绿树，亚当和夏娃未经污染的世界，也只能是这样。辛特拉位于海湾岬角的小山上，气候温润，果然就是一片迫人而来的绿意。无数的植物在这里疯长，枝蔓纷披的老树，叫不出来的蕨类，拥挤在一起，却又怡然。那天恰是微雨之后，空气中满蓄水意，迷濛之中，满世界越发苍翠。房舍壁上多见爬藤植物，而道上、空白墙上又处处是斑驳的青苔，让绿意绵延开去，与大团浓荫的树冠一起，将辛特拉包裹其中。你甚或要以为，呼吸的空气也是绿色的。

光有芳草绿树，那是伊甸园，不成其为辛特拉。游人到此，多

1. 辛特拉国家宫。　　2. 从辛特拉宫拱门里看到的辛特拉。

1. 烟雨迷蒙似乎是辛特拉的常态。　　2. 辛特拉火车站。

半还是冲着城堡宫殿而来。然而无待那些，小镇上寻常的建筑就已让人领略到童话的意味。大大小小的建筑都见出小巧，或者准确点，应该说是玲珑，形状各异，高低错落，又漆成各种鲜亮的颜色，与周遭的绿色相依偎，有一份说不出的妩媚。火车站小到可以袖珍形容，警察局加上妩媚二字或让人觉得滑稽，但辛特拉的局子的确就在一玩具式的碉楼里，碉楼作橙色，顶端四个角上有下圆上尖的装饰，看上去就像待发射的火箭。

只有一样不算小，便是辛特拉国家宫那两个巨大的烟囱。烟囱作圆锥形，两层楼那么高，底部怕有一个舞厅那么大。据说这是摩尔人留下的遗产，而国家宫的拱门，黄、白两色，也让人想到阿拉伯风。事实上辛特拉的妩媚，建筑里的异域情调也是一因。我不明白大烟囱的用途，莫非装饰性是首要的考虑？却也无人可问。

我在国家宫里流连的当儿，乘同一火车来的那拨游客都已走了。不用问也知道他们奔了佩纳宫，那是前葡萄牙国王在一教堂废墟上建起的城堡式皇宫，荟萃了哥特式、埃及式、摩尔式和文艺复兴时期的建筑特点，图片上看去，房舍、宫墙、屋顶层层叠叠，像是彩色积木堆垒而成。

佩纳宫是要出了镇子往山里走上两三公里的。我说"图片上"云云，实因我最终居然未能亲履其地——其时圣诞节刚过，属旅游淡季，我想追上那拨人，出了镇赶了一程，却是踪影全无。再走一段，发现已是前无古人，后无来者。起初并不着急，反有如行"山阴道上"的惬意，因路边的房舍、小溪，还有奇树异草，无不让人流连。大概走了二十分钟，没遇见一个人，一派"空山不见人"、"鸟鸣山更幽"的意境。也就悟到，伊甸园的一个条件，恐怕就是人少、安谧。事实上道经瑟特阿斯宫饭店，我还好整以暇进去观光。旧建筑，极阔的庭园，廊柱、门楣上的装饰均显出古雅尊贵。这里只有十六间客房，房价每晚一百八十欧元。甚至在这里，也没遇到一个人。直到出饭店院子又行了半个多小时，发现天色向晚了，这才着急起来——到这儿总不至于是来体味唐诗意境的吧？可到此时我也不能确定路线是否正确。待摸到那里，可能已经关门，而回去的火车怕也要停了。遂废然而返。

回到里斯本，我又自虐式地到旅游书店翻看辛特拉的画册，重点即在佩纳宫。结果不可能是别的，只能是越发地后悔：游辛特拉而不到佩纳宫，不等于入宝山而空手回吗？何不干脆在辛特拉住上一夜？瑟特阿斯宫饭店是决计住不起的，不过返回镇上，总可找到便宜的旅馆吧？

威尼斯如梦

　　第一次去威尼斯是初春，学校放春假。威尼斯给我的第一感觉是冷。也不知哪来的印象，想当然地以为那是个温暖的地方，笙歌繁华、风光旖旎之地怎会与寒冷沾边呢？而且文人笔下、影像图片中的意大利似乎从来都是阳光灿烂的。实则长靴形的意大利地分南北，威尼斯位于北部，不要说那不勒斯，就是根罗马比，气温也要低不少。

　　不单气温低，那天还正刮风，地处泻湖入海口，海风沿着运河没遮没挡地吹过来，直透衣衫。我为找旅馆背着旅行包在街上疾走，还是没半点热气，手冷得没地方放，腿上着两层裤，还像是光着。游人好像被风逼回户内去了，不多的行人也都竖起衣领缩了脑袋行色匆匆。整个威尼斯没颜落色，在寒风中瑟索。我应在一些电影中见过威尼斯寒荒的一面，但人的记忆有选择性，对威尼斯，记得的都是如诗如梦的那一面。

这一面是第二天见到的。肆虐的风忽然没了踪影，晴天丽日，威尼斯像个喘咳了一天的病人，说恢复就恢复过来，忽地面色红润，笑靥如花。明黄色、橙红色的墙，深绿的窗，教堂白色的圆顶，一概地灿烂起来，还有家家户户窗前的花，昨天见了也像没看到，此时一下子都冒了出来。黑色的刚朵拉两头尖翘处包着锃亮的金属，阳光下银白得晃眼，蒙布则是一种亮丽的蓝。船夫着白衣黑裤，黑色的圆帽上系红色的丝带。满目是灿烂的色彩。

纵横交错的河道加上数不清的桥或者会让人想起小桥流水的苏州，但苏州是素净的，威尼斯则一派浓艳，风姿绰约中另有一种妖冶。大约就是因为这份妖冶，不知怎地想十里秦淮——不是现而今南京夫子庙秦淮河观光带，是前人描述的六朝金粉，笙歌繁华。

威尼斯的水并不清，是一种油腻的绿，深浓处更近于油黑。如秦淮河一般，真实与想象的双重沉淀令其散发出烂熟腐朽的气息。晚上坐刚朵拉在水巷里转弯抹角，欸乃声中，移步换景，到稍开阔处，即见岸上满是游人，却不是白天的"游"，多在惬意地用晚餐，虽在冬日，口中冒出团团白气，却有似夏日的闲散。也许是店堂里挤不下，也许是欧洲人喜欢露天用餐，纵然冷，也坐到外面，却有取暖

威尼斯，此情此景，颇能让人想起上海的里弄。

1.威尼斯圣马可广场，稠人广众之中一梦酣然。　2.威尼斯一老宅内部，若非楼道里亮着灯，就要怀疑是否有人居住。　3.漫步威尼斯，处处可见这样的"危房"，开着的窗则在提示：并非无人居住。

威尼斯老屋上的烟囱。

的炉子，也架到外面来。灯的光晕，氤氲的水汽，越显出冬日夜色的深浓，却又温柔。过去读朱自清、俞平伯《桨声灯影里的秦淮河》，常觉其"做"的成分太重，此时不期然想起文中一些浓得化不开的句子，比如"朦胧里似乎胎孕着一个如花的幻笑"之类，用来描述当时的感觉，倒也贴切。

大凡一个地方太像画了，就让人觉得不真实，威尼斯就是如此。迟来了两星期，没赶上威尼斯狂欢节的热闹，据说那时整个威尼斯就像一场盛大的化妆舞会，水边、舟中、桥上，到处是戴面具、身着中世纪服装的人，令人生出时光倒流之感。其实不待狂欢节，平日里空气中也就有梦幻的气息。欧洲好多城市老城区都让人生出时空错置的恍惚，威尼斯又自不同，现代的痕迹抹去或隐去的更加干净——像布鲁日样保护完整的中世纪小城，至少也还会见到汽车出没，威尼斯因在岛上，到处是水，又加无数的小桥，将汽车这现代的玩意儿彻底拒之于外，于是封闭出一个别样的完整空间。当然，水上并非都是刚朵拉，汽艇、水上巴士也是现代化的产物，不过看上去就是不像汽车那么扎眼。

威尼斯因此更适于做梦了——华丽而颓废的梦，用阿城在《威尼斯日记》中的比喻，满满当当，像赋。说来可笑，在威尼斯呆了四天，蛋丸之地，都转遍了，后来跟家人随旅行团还又去过一次，甚至可以领他们走街串巷充导游，却就是没办法对那地方建立起一种真实感。旅游就是轻倩地掠过，别处也是一样。不过威尼斯似乎更虚飘，威尼斯之行也更像一场梦幻。我的真实感仅维系在几个零星的时段上，比如初到的那一天在寒风中疾走，比如有次急急惶惶地找厕所。再就是在圣马可广场上，看到一年轻人枕了旅行袋呼呼大睡。成群的鸽子拍着翅子在觅食，周围是熙熙攘攘的游人，那边咖啡馆有乐队在演奏，年轻人旁若无人，兀自进入了黑甜乡。不知是否有梦，梦是否和威尼斯相干。

还有一个不知道：我不知道为什么会认为那是一个美国人。

斯特劳斯的维也纳

　　我在维也纳有过被骗的经历，因买不了回去的火车票，在这城市还比原计划的行程多逗留了两天。在欧洲游荡，"超时"也是常事，因为有太多的地方值得流连，在维也纳不是出于主动，只能算滞留。"前程"未卜，心神不定，对维也纳的印象或许因此打了折扣也未可知。

　　维也纳之于奥地利，典型的小国大城，全国八百万人口，倒有一百七十万人住在维也纳。一百七十万在中国是个不足道的小数字，中等城市也不止此数，在欧洲就是名副其实的大城——除了巴黎、伦敦一类的超级城市，一百万人以上，就应以大城市视之。比之于罗马的二百八十多万人，维也纳自然瞠乎其后，但意大利可是有五千万人口的国家。

　　谓其"大"，倒不在于人口，这是后来在资料上看来的。印象中的大，源于城市的格局。虽然加起来履足之地也许超过了十个区，但我转得较多又似有一份熟悉的，其实就是皇城那一带。地方并不大，然华美的巴洛克建筑，宽阔的街道，就是让人觉得大。这老城的轮廓是在十七世纪末开始勾划，其时奥斯曼帝国的威胁不复存在，一茬一茬的王公贵族开始大兴土木，直到十九世纪末，方告休歇。大约都在追求富且贵的皇家气派，几乎是一色的巴洛克宫殿式，其他欧洲城市老城建筑的纷杂这里看不到。现在的巴黎大体上是十九世纪初城市规划的产物，要算"现代"了，维也纳比起来却更是规整。街道并非都是横平竖直，给人的感觉却就是横平竖直。或者就因为太重皇家威仪太整齐划一了，维也纳缺少一种曲径通幽的趣味。法国朋友向我推荐必得一去的欧洲名城，巴黎自然不在话下，其他就差距颇大，不过倘要排序，维也纳总是在六名开外。这或者也和它的缺少趣味、更无神秘不无关系吧？

当然我是观光客，在另一种官方排序中，维也纳绝对靠前——世界最宜生活城市，维也纳仅次于温哥华，排名第二。大都市、首都而适宜生活，维也纳独一份。这样的排名，自有许多硬指标，我的感觉与之相符，却是因于虚的东西——维也纳似乎到处弥漫着心满意足的气息。要说适宜居住，大概就少不了这份心满意足。其实欧洲的城市大都有闲散的调子，维也纳则更给人这样的印象。

我不知道这种印象是得自人们脸上的表情，还是那些富丽堂皇的建筑，抑或这个城市悠闲的节奏。巴黎号称花都，然而或者与一色的黑屋顶不无关系吧，整个城市的色调是灰色的，柔软里有坚硬，维也纳则是一味的温婉、柔媚。那些巴洛克宫殿式建筑，并非都是暖色调，给人的感觉却就是这样，而且都是柔媚的粉色。这里的教堂也没有一丝宗教的肃然，圣斯特凡教堂就在市中心，两次经过都没进到里面，或者朦胧的印象已经酿出了先见，我以为这城市只有外面，没有里面，或者里面就是外面，外面就是里面。这教堂是哥特式，有大教堂的高大，却不好说巍峨，绿色条纹图案的花屋顶更令其拉近了与人的距离，从外部看，很平易近人的。

圣斯特凡还只是近人，卡尔广场那边的卡尔教堂简直可以说是可人，宫殿式穹顶的华美不说了，门前的两个描金柱子，有似裱花蛋糕上插了工艺繁复的蜡烛。一切都融解于温婉的粉色。身在其中，你会觉得，茜茜公主成为这个城市的符号，实在是再自然不过了。

不过与那位甜美的公主相比，约翰·施特劳斯的音乐似乎更是无所不在。也不知我是沿着施特劳斯的旋律想象这座城市，还是维也纳特有的情调让人不由想起圆舞曲之王，可以肯定的是，还没见到

斯特劳斯之外，维也纳的另一明星当属茜茜公主，门开处
的剪影当然是她。

维也纳城市公园，斯特劳斯金色的塑像是园中的焦点。

维也纳城市公园里那座著名的金色雕像，空气中似已隐隐飘荡着华尔兹的乐曲，有如暗香浮动。

在这个城市，你有无数的机会由不同的途径与施特劳斯相遇，当然，首先是音乐会。音乐之都，自须音乐装点，可能没有哪一个城市像维也纳这样，音乐可以成为游人心目中的一个项目，来这里不听场音乐会，就像到慕尼黑而未痛饮啤酒，令你疑惑是否遗漏了"到此一游"的最重要环节。音乐家中，又最数斯特劳斯作为观光的组成部分，最是天造地设。一年一度的新年音乐会已让斯特劳斯全球化了，金色大厅里维也纳爱乐的演奏经了电视的转播，几成地球人的迎新仪式，你可能受不了贝多芬、海顿乃至莫扎特的交响乐，受不了歌王舒伯特的歌曲、室内乐，但你绝对消受得了斯特劳斯，他是如此平易近人，最容易讨好的曲式，丝绒般柔滑的旋律，华美而甜腻。以食物作比，如同入口即化的巧克力、冰淇凌，拟为触觉，则好似温香软玉抱满怀了。

向游人推销的音乐，十有八九，便是这个。广场、旅游景点，常见到十八世纪装束的人在搞推销，戴假发，裹绑腿，宫廷里的打扮，捧一硬皮夹子，逢人便恭敬地打开展示，也算是维也纳独有的一景。起初我以为是诱人化装拍照，看了才知道，夹中乃是音乐会的节目单。几无例外，施特劳斯家族的专场，有的还有舞蹈的点缀。

但我将维也纳划归施特劳斯名下，却并非因为这些，还有街头随处可见的广告——实在是因为斯特劳斯的旋律与维也纳这个城市的情调太吻合了。一样的富足、明丽、浅表，一样的心满意足。我知道很多曲子他是为宫廷写的，但不知为何，总觉里面洋溢着一股市民气息，当然，是富足的、心满意足的市民。

我没去听斯特劳斯的音乐会，早听腻了。那份入口即化的俗艳即令在维也纳的三流乐队的手中怕也不难演绎得熟极而流，只是恐怕也就像国内一些所谓民族风情园里的少数民族舞蹈，或是博物馆里另行收费的编钟古乐表演之类，不免有虚应事故之嫌，专门去看，实在不值。

不过在维也纳，施特劳斯是无所不在的。有天在城市公园里闲逛，又与他不期而遇——不用说，自然是那座著名的金色雕像，名信片、风光图片上早见过的。我到这公园是来找舒伯特的墓地，费了些时间，终于找到，一片树荫下，不起眼的地方，朴素简单，四周无人，显得冷清。斯特劳斯则是不用找的，那一带俨然是公园的中心，往热闹处走去，总会走到那里。金色的施特劳斯立在底座上，身姿潇洒拉着小提琴，后面白色的石拱门上浮雕着构成图案的丰腴的舞蹈着的裸女。

　　不能想象舒伯特的塑像弄成金色会是什么效果，施特劳斯则仿佛应该是金色的。我发现周围还有几位画家在画人像，或是卖风景画，也就见出这里的人气。不过更多的当然是在雕像前留影的游人，大约是将雕像当成了到此一游的凭证——没错，对维也纳，施特劳斯的确是标志性的。

老尹在巴黎

　　新年将至，忽然想起给老尹发了封电邮祝福新年。并非单纯是出于礼貌，虚情假意更是没有，不过贺年之外，我更想得他一个回音，借此知道一点他的近况——在法国结识的友人当中，最让我经常想起的，就数老尹了。这当然与酒有关，喝了他至少一打好酒不说，关于法国葡萄酒的"理论"知识，我差不多全是从他那儿得来的。但想起他也不全是因为酒，还为什么，一时也想不清，想不清的时候，酒无疑是最直接最显豁最容易举出的理由。

　　老尹的回复迟迟不来。天天开邮箱，邮件不少，就是没他的。最后信息来了，却是远兜远转得来的：他离婚了。这事说不上意外，几个月前他就说，离是肯定的。事实上他的生活早已另起段落，可听说离了，似乎还是有那么几分——怎么说呢，算是"感慨"吧？

　　去法国教书前，已从几位前任口中听说过老尹其人。我印象尤深的是两点：一是他娶了位法国太太，而且据说那是一九八〇年代对外开放后大陆的第二桩涉外婚姻，当时闹出不小的动静；二是他存了不少葡萄酒，在他那儿准能喝上好的。此外还有一个评价：老尹是个淡泊名利的人，什么都不在乎。好酒诱人，人有意思，经历不一般，加在一起，足以让人产生识荆的冲动，何况是在异国他乡，言语不通之地。我甚至听从同事的建议，千里迢迢背了瓶二锅头去投其所好，下意识里恐怕也有抛砖引玉、钩出他好酒的意思。

两位同事的描述，在与老尹有了交往之后不久差不多都验证了。他的那桩跨国婚姻其实是无待验证的，糟糕的是，如果说是一段佳话，那也是过去时，我验证的恰是尾声的尾声。盖因我赴法之时，老尹夫妻间已然情感破裂，并且决定性的时刻已过，老尹准备卷铺盖走人了。这些都是后来知道的，当时却是不明就里。这就让我和老尹的第一次见面弄得很尴尬。

我和老尹是在大街上不期而遇。阿拉斯这小地方没几张中国面孔，可若不是引我购物的学生喊一声"尹老师"，我决然想不到眼前的这位就是同事口中的老尹。我是随了几位前任呼"老尹"的，看上去老尹却一点不老，五十的人，也就四十来岁的样子。也许是被"名士"二字误导了，我想象中的"名士"纵使不都有扪而谈的修为，大多也是不修边幅、落拓不羁的，老尹却是衣着光鲜，脚上是锃亮的尖头皮鞋，身上是件颇入时的紫红色短呢大衣，二八开的分头梳得一丝不乱，项上一条明黄色的真丝围脖，更有几分扎眼。这是哪一路的"名士"？分明是一小开或是公子哥儿嘛！

更让我受不了的是他的神情，听着我的自我介绍，他的脸上除了冷淡还是冷淡，令我怀疑自己是否热情得太洋溢了。他好像只是在应付我，语气说不上是傲慢还是玩世不恭。他告诉我后天就要回国，此外总算出于礼貌，问了几句我到法国后的情况。问他何时回来，说是不回来了。我暗自诧异，家在这里，两个女儿在这里，怎么就不回了呢？见他显然没有解释的意思，也就不问。不到五分钟，已经无话可说。我想起那瓶二锅头，便道："还带了瓶酒想一块喝一顿哩。"他回说："现在还喝个什么劲哪。"再寒暄几句，就分手了。走了几步，老尹追上来叫住我，大概是意识到刚才过于冷淡，想多少有所弥补吧，"要是有兴趣明天就来喝一回吧。"语气还是不冷不热。我因受了冷遇，要矜持一把，便说看明天有没空吧，再打电话联系。

第二天我果然打了个电话，推说有事，不去了。还说了一通一路顺风，日后在国内说不定能聚上之类的客套话。放下电话后便颇有几分郁闷：期待中的交往，还没开始，倒已经结束了。

老尹是辽宁铁岭人，父母在当地是有些头脸的，"文革"中当然受到不大不小的冲击，他也跟着倒了不大不小的霉。小学、中学、插队，再作为工农兵学员上大学，老尹的经历与一九五〇年代出生的许多同龄人没多大差别，至少外人眼里是如此。若说他的经历有何不寻常处，那就是他的"涉外婚姻"。与外国人通婚如今已是稀松平常，"涉外婚姻"一词曾经隐含着的严重性也已消弥于无形了，但在上世纪八十年代初，嫁或娶个洋人，甚至可以演成举国皆知的事件。记得有位叫作李爽的女子嫁了洋人，就在各大媒体上沸沸扬扬了好一阵子。老尹的婚事在他就读的辽宁大学也称得上是一场风波。

风波的女主角是法国女子玛丽安，一九八〇年代大陆开放后第一批来华留学生中的一个。玛丽安为何选中了辽宁大学，老尹后来好像说起过，但我记不清了。反正老尹与玛丽安成了同学。由同学而恋人，契机是当时的留学生陪住"制度"：留学生与中国学生同住同修，挤八人一间的集体宿舍当然是不可能的，有单独的留学生楼；但也不能放任自流，每个留学生都与一个中国学生同住，彼此叫作"同屋"，老尹当然不是玛丽安的"同屋"，不过与一位澳大利亚学生共室，与玛丽安则有同楼之谊。安排中国学生同住，未始没有"掺沙子"的意思，虽然中国学生未必如一些留学生揣测的那样，入住的同时

——领受了"监视"的使命，但交往之际得拿捏住分寸，却是不言而喻。我也曾有过当"陪住"的经历，同屋是个日本人。某日喝了点酒后一同去打乒乓，也是有点酒意了，走在过道里，拿球拍作了驳壳枪，顶着同屋的腰眼喝道："小鬼子，给我举起手来。"同屋是玩笑惯了的，便高举双手作投降状。此事恰被外办一个官员看到，过后便郑重地找到我告诉我不可如此——"影响不好"。有道是"外交无小事"，这等细节都须严肃对待，与老外谈恋爱当然更是万万不可。

老尹是如何被玛丽安拉下水的，可以按下不表，反正是玛丽安主动。说"拉下水"其实有点不确，因为玛丽安思想左倾，是法共党员，来华留学很大程度上是出于对红色中国的向往。但是同其他欧美留学生一样，在谈恋爱的问题上，彻头彻尾的"自由化"。其时老尹其他方面自由化到什么程度，说不清，恋爱上则真是大胆得可以。起先总也有些地下活动的性质吧，最后竟至于公然要论婚嫁。当时的情况下，校方当然要干涉，可能还要调查，因为恋爱，老尹成了可疑人物。劝阻、施压，都是题中应有之意。压力差不多都在老尹这边，玛丽安是法国人，总不能找老外做什么"思想工作"，而且曲里拐弯的中国式革命道理，老外哪里能拎得清，就算她是个左派？

学校而外，压力还来自家庭。这方面的压力，也还是老尹独个担着。西方信奉个人自由，家长对子女的婚恋几乎是撒手不管，就是反对也只能干瞪眼。不是没有例外，我认识的一个法国女孩就告诉我她母亲不喜她的现任男友，有一次情急之下甚至威胁说要杀了她。但这是特例，而且最后肯定还是反对无效。玛丽安出身知识分子家庭，本人又是经过一九六八年洗礼，脑后生着反骨的人，不要说家里人对她的选择不会干涉，既便干涉，也不可能有结果。而她的反抗一定是理直气壮的，不会有什么犹疑，也不会因违拗父母的意愿而生出负疚之意。老尹就不同了，生在中国，婚恋怎么着也不能是你自己的事。

老尹要与洋人结婚，对家里来说不啻晴天霹雳，除了对洋媳妇一般性的排斥之外，还要考虑"涉外婚姻"可能给家庭带来的不良影响。比如，他父亲的仕途会不会因此蒙上阴影？这并非杞人忧天，父亲是否受到儿子的牵连记不清了，不过记得老尹说过，他弟弟真还在分配工作时因哥哥新建立的海外关系受了点不大不小的影响。可以想见，老尹那时被各种角度进言的人包围，苦口婆心，动之以情，晓之以理，而且舆论一律，都是劝他悬崖勒马。《伤逝》里面对家庭社会压力的子君昂首宣言："我是我自己的！"我很好奇老尹当时是否也取了子君式凛然不可犯的姿态，可惜后来一直没机会求证。

我敢肯定的是，以老尹的为人，决不会是权衡利弊、深思熟虑后做出的决断。不管怎么说，结果是清楚的：老尹在一片反对声中跟着玛丽安到法国作女婿去了——听上去就像一出男人版的"娜拉出走"。

我关于老尹"出走"方式的揣测是有根据的，根据就是我所知道的那次"出走"，这一回他是出离法国的家回中国去了。老尹和在阿拉斯的同胞接触不多，老尹而外，这里的中国人都是从国内过来开店或是打工的，与老尹各有各的生活圈子，他们眼中的老尹两眼向天，不大容易接近，为何"出走"，老尹当然不会说。不过小城就那么大，情况多少知道一些，他不说，旁人总可以猜。开皮包店的竹英和开外卖店的叶老板都推断，老尹肯定是家里闹了矛盾，要和玛丽安办了，因为他们早就影影绰绰地风闻二人琴瑟不谐。老尹"出走"后没几天，有次到叶老板店里串门，叶老板告诉我一条新得来的消息：老尹回国前卖掉了汽车，而且把工作也给辞了。辞了工作？看来他真是要一去不回了，中国人在法国找到一个铁饭碗可不是容易的事，老尹在一所中学教书已经十多年，工资不高，但收入稳定，这样的位子，在法国瞄着的人不算少。就算是夫妻不和，分居、离婚，均无不可，干嘛辞职？叶老板于是分析说，老尹必是已在国内找好下家了。他有个弟弟在深圳做外贸，许是入伙去了吧？

出人意料的是，大约过了两个多月吧，听说老尹又回来了，先是有人在巴黎碰上，后来便在阿拉斯露面了，而且还是住在家里。

我对老尹的归来很是好奇，但因上回自觉碰了钉子，不大好意思找上门去做不速之客，何况知道他家正处在非常时期。巧的是，有位对中国特有感情的法国老太太请老尹一家吃饭，我也在被邀之列。这次遇上，与前一回自然不同，老尹对主人彬彬有礼，对我则很随意，像是已经熟识的，说话带着几分嘲讽，似乎那就是他的说话方式，里面有种不在乎，也有几分自嘲。玛丽安看上去比他年岁大，甚至显得苍老，鬓上已见几丝白发，而她毫不修饰遮掩，地道的素面朝天，衣着也随便马虎得法国女人中少见，蹬了双布鞋就来赴席，与老尹的讲究恰成对照。席间老尹谈笑风生，看不出颓丧的样子，玛丽安话少些，对老尹时有应和，竟是有几分夫唱妇随的味道。这哪像在闹离婚呢？也许是危机过去、雨过天晴了吧？

过几天老尹夫妇回请，我叨光，仍有一份。老尹当厨，做了一桌中国菜，像模像样，水平端在我的两位中国女同事之上。我不免赞了几句，老尹摇头道："还行吧，现在也就只能这样了。"言下大有不胜今昔之意。我想他是说，没过去那份心情了，后来才知道，那也是说，没法像过去那样讲究了，因为老尹没了工作，家中正当供两个女儿读大学之时，骤然少了一份收入，生活上不得不处处克扣。

家中陈设当然还是旧时的样子，墙上挂着油画、国画，还有老尹的字，案上搁着许多中国摆设，有几分惹眼的是一口玻璃橱，里面全是葡萄酒杯。看得出来，他们是颇讲情调的。又不知为何，我觉得到处是老尹的印记，玛丽安的印记倒不分明。席上也是老尹唱主角，法语中文交替着用，玛丽安有时望着他，眼神里有欣赏，有包容，竟有几分长姐对弱弟的态度。老尹替玛丽安斟酒布菜，殷殷相问，辞色间也甚是体贴。我只能用"相敬如宾"来描述二人给我的印象，事实上直到老尹多次告诉我实情之后，这印象也没改变过。

那晚上说了不少话，我初到法国，语言不通，逮着老尹，正有无数的问题要问，但碍着人多，我最急煎煎想问的问题却问不出口。又过几天，我才有机会迁回到"主题"上。还是在他家，晚上十点多了，我和他们夫妇俩在客厅里聊着天，已喝下一瓶干白、半瓶干红。玛丽安第二天有课，先去睡了。老尹问是否再来一瓶，又道，下酒窖去喝罢，别吵着玛丽安。这于我当然是正中下怀。到酒窖我着实吓了一跳，四壁全码着一瓶瓶酒，有的是整箱整箱的，还没开封；一九八五年以后的，差不多哪个年份的都有，怕是有上千瓶。老尹告诉我，这都是从法国各地的酒庄里搜罗来的。每年新酒上市之际，他都要与有同好者开了车到各处酒窖去品酒，买上一些，有些酒庄更会发贴子来邀。"现在这些都说不上了。"老尹说，言下不无惆怅，却也听不出感伤。

老尹摸摸这，摸摸那，最后挑出一瓶一九八七年勃艮第产的干红，给我倒了，也给自己倒上，且不说话，两指夹了高脚酒杯的细腿在几上轻轻转了转，而后端起迎着灯细察酒色，又将酒杯微倾放到鼻前闻闻，慢慢啜了一口，停了片刻方才说道："这酒还行。"却又摇摇头说："有些可惜了，该一小时前打开让味道出来的。"我还没见过喝葡萄酒这般"如承大事"的，顿觉过去喝过的都算是白喝了。我对他说起在另一朋友处也喝过好酒，那人还是品酒协会的，不过他这里的酒似乎更好，老尹似矜持又似体谅地说："那也是没办法，住公寓没地窖，有好酒也存不住。"说了这话眼睛又四下打量了一圈，摇摇头："我这也是有去的，无来的，喝一瓶少一瓶了。"但他并无吝惜的意思，待一瓶喝完，又开了一瓶。那晚上，直喝到凌晨五点。

喝葡萄酒，我根本不是老尹的对手，论酒量不见得就输于他，但他久居法国，中国式的豪饮怕是已经隔教了。他不时告诉我各种酒的妙处，某产地的"热烈"，某产地的"贞静"，又或"空灵"、"敦厚"、"飘逸"，像是把钟嵘品诗的法子移来论酒了。我的反应实在平庸，肯定令他没有棋逢对手的快感。不过老尹大概觉得我当个聊天对象还算够格，而对他的"隐私"也没有保护意识，没准还想要说说，但也不想多说，可能是因为觉得说多了也没意思。于是我便在这欲说还休、欲休还说之间，对他的情形知道了一个大概。

他的"出走"确是因为婚姻危机，但我的其他猜测大错特错：他压根没找好什么"下家"，国内的亲朋甚至对他回国的原因也不甚了了。多年的婚姻一旦破裂，他觉得什么都没意思了，在法国呆着也无趣。回国干什么，想也没想。后来他对我说，随便教点书什么的，"总能混碗饭吃吧？"我不知道那是不是事后的"追认"。来法二十多年，连根拔起，说走就走，要说是负气"出走"，这口气真够冲的。就凭他奔五十的人还发这"少年狂"，我就觉得有意思。其实老尹的"狂"还不止这一端，后来我知道，说他"连根拔起"至少在有一点上是不确的：他根本没入法籍。对中国人，得一本法国护照须费尽周折，在他却是唾手可得之事，但他楞是没入。我在别处也曾遇到不肯放弃中国国籍的人，大都是为了来去方便，老尹则很少回国。入籍的好处是明摆着的，找工作方便，还有法国的高福利，一本护照在手，全都有了。就是出国旅行也方便些，老尹显然将这些实际的考虑一概视为俗气，想也不想。我问老尹干嘛不入籍，老尹脖子一梗道："干嘛要入？"

要说他不喜欢法国也就罢了，可他喜欢。从这里的自由平等到浪漫情调到舒缓的生活节奏，甚至饮食习惯，他都喜欢。大多数中国人要在此生根须经历的种种艰辛，他都没尝过，对黄种人的歧视，他也没怎么领略。他来得早，又非打工一族，物以稀为贵，初到法国还颇受礼遇；娶的是法国太太，较他人又更容易融入法国人的生活。说起法国的好来，老尹一套一套的，但毫无许多准"海外华人"据以骄人的那份矫情，那赞赏是由衷的。相反，说到国内的情形，他倒有一肚皮的不满，看不惯的事儿太多，他给了一例，是去年母亲大病他回去探视，在医院里发现想换个病房对护士也得说半天好话，他差点就发作起来。我心想那算什么，太寻常了。老尹讲起来却仍有几分愤然，并且上纲上线，说这么低三下四地说话，让人很没"尊严"。"在法国哪有这样的呢？"他说。

国内浮躁的气氛也让他受不了了，人人急吼吼地想发财，他在法国可以平静地当他的中学老师，优游度日，想象不出，在国内能有这份太平。此番"出走"，在国内呆得时间长了，他越发觉着格格不入。回到法国，固然是割舍不下这个家，另一方面，很大程度上也是因为对国内生活的隔膜，自己也没什么前景。"其实呆哪都一样。"老尹不在乎地说。当初来法国时莫名的兴奋和期待已是恍若隔世，他虽是一副无所谓的神情，我却可以感到他心底里的落寞。这一回的归去来也许没有走时的冲动了，但可以想见，此中的挫败感虽不像闹离婚那么尖锐，却一样地难以吞咽。玛丽安和女儿会如何看待他冲冠一怒后的铩羽而归？辞了工作，现在生活还得仰赖玛丽安，老尹这么个要脸面的人不会不想。饶是如此，他还是回来了。

老尹回来后在巴黎一家东方博物馆找了份临时差事，聊以糊口。租了间房子住在巴黎，隔很长时间才回来一趟。每逢他回阿拉斯，我便去找他聊天。每每是喝着酒，海阔天空言不及义地穷聊，聊中国的现状，聊法国的左派，聊书，谈旅游，谈葡萄酒……可有个话题总是绕不过去的，还是他的婚姻。其实也不用猜了，离婚当然是玛丽安提出的，我想知道的是，为什么会走到这一步？第三者插足？文化差异？兴趣各别？性格相犯？政见不同？老尹都说不是。最后一条这年头听来可笑，但玛丽安是有一九六八年"红五月"情结的人，老尹则属知青一代，两个人当真常在家里谈论国家大事，只是在这上面二人大体是一致的。

那么是钱的问题了？这上面还真有点不平衡，同是中学教师，玛丽安因为通过了一种很难的国家考试，工资就高得多，几乎是老尹的两倍。可这两位都不是以钱取人的，玛丽安并不因此看低老尹。以收

老尹在巴黎的蜗居。

入而论，老尹在国内或者就要被讥为"吃软饭"了，他却也心安理得，并不觉得在家就矮了三分。就因不屑于谈钱，二人甚至也从未做过什么财产公证。玛丽安倒是问过，老尹回说："要弄那玩意儿干嘛？"

有次到河边去散步，我直截了当地问老尹，玛丽安对他究竟有何不满，老尹撇着嘴说："那谁知道？！"又想想说，拌嘴时说的不算，正经谈起来就一条，嫌他不思上进。

老尹承认，他的确没什么进取心。刚来法国时在巴黎七大也发愤读过一阵书，任课教师许多是响当当的人物，有几位现在已被尊为大师了，讲起课来挺新鲜，老尹着实挺兴奋。但也就是新鲜而已，那劲头一段时间以后就过去了。拿了个硕士学位，原来还打算读博士的，资格考试已通过了，这时来了生孩子、找工作一大堆事，待忙乱的高峰过去，老尹再也打不起精神。关键是，他对现状很满意。此时他已在中学任教，教中文他很乐意，闲时读读书，听听音乐，品品酒，放假了到山区、海边去过过，自在惬意——"这不是挺好吗？"老尹说。他原本也有机会到大学教书的，他在好几间大学代过课，教汉语，我任教的那所学校对他就很欣赏，很愿意给他一份正式的教职，只要他拿到博士学位。老尹懒得去折腾学位，也不觉得当大学教师是人往高处走，或者，压根就没觉得谁比谁高点，总之他还是过他的散淡日子。

接触多了，我发现老尹是个很不实际的人。现在的社会讲竞争，法国没国内那么闹腾，也还是要争，只不过争得有序。争与不争，有时也可以用来给人分类，会打拼的人，"有条件要上，没有条件，创造条件也要上"，不愿争或不会争的人，近在眼前的机会也抓不住。老尹显然是后一类人。至少在常人眼里，法国护照、大学任教就都是机会，有面子而且实惠。其实但凡遇上需要争的事，老尹差不多总是退缩。大学代课的差事后来让人给顶了，他很有几分不快，但他问都不问，更不用说去讨说法了。他在原先任职的那间中学很受校长器重，从国内回来，生活没着落，可不可以申请复职？老尹宁可打零工也羞于启齿试探一下。是高傲，有洁癖，还是怯懦？也许兼而有之？

当然玛丽安所谓"上进"不全是指这些，十足世俗的考量她也是看不上的，他们的婚姻从一开始定的就是高调。"要说不上进，这么多年我都这样啊，过去她不觉得挺好吗？"——老尹自己也弄不懂。想不通的时候，他心里就有一股怨气。他觉得他为这家牺牲了许多，玛丽安学校事忙，这么多年家务活差不多都是他操持，现在孩子长大，离得了他了，便要将他扫地出门。要说不上进，不也和这家有关系吗？他甚至得出结论，中国女人和法国男人结婚，多可白头偕老；

娶个法国女人，肯定没有好的结局。他所认识的几位中国朋友，就都和法国太太离了。事情就是那么奇怪，玛丽安看上去那么和善本份，而且也五十的人了，常人看来也早过了闹离婚的年纪，提出来了，便铁了心要离。我不知道这和文化、民族性之类有无关系。老尹那么个要强的人，甚至还可看出几分东北人的大男子主义的，竟肯多年承包家务，而玛丽安提出离婚后竟又像遭了致命一击，几乎万念俱灰。我不禁要悬想，若是他呆在国内，会是这样吗？

气头上的话不算数，平心而论的时候，老尹又会说起玛丽安的好。其实即使已到这一步，他也极少挑玛丽安的不是，口中常说"我们玛丽安"如何如何，语气中听得出他的欣赏，二人的"相敬如宾"并不是做给旁人看的。我敢肯定老尹对过去很是留恋，但以他的脾气，绝不肯在玛丽安面前服软的，玛丽安只要提个"离"字，他再不会说个"不"字。老尹自言脾气不好，与玛丽安起争执再不肯相让，即使是错在自己也从不认个错，差不多都是玛丽安给他台阶下，所以他有时也会半是得意半是自嘲地说，这脾气也是玛丽安惯出来的。这一类的场合也许可以称作"老尹时刻"，我可以想象老尹梗着脖子的神情，潜台词是"我就这样，爱怎么怎么着吧"。——像是蓄意抬杠。

"老尹时刻"是老尹"争"的时候。外人看来当争的地方他不争，

玛丽安在南京中山陵。

没必要争的地方他倒时常顶起真来——尽是"务虚"，所争却又不是道理本身，此外从不冷静考虑争的后果，只能说更近于斗气。以为他只是在家里横就错了，在外面也一样。八月中我去巴黎到英国使馆办旅游签证，老尹没事，要领我顺便逛逛巴黎街景，便一同去了。签证处门外排着长队，叫到号的才放进去。巴黎的街道上是寸草不生的，八月的毒日头没遮没拦地照下来，烤得人受不了。入口处卡子前的一截门洞子很荫凉，有些排队的人就想到里面站着，门卫不让。旁人也就算了，老尹不知怎么火上来了，就上前跟人论理。签证处只准申请人入内，我进去了回头望望，老尹兀自操着法语还在与人辩。待我出来，老尹犹有愤意，数落使馆的官僚作风，全不为人着想，他和人争执的焦点是，为什么不能立个说明情况的牌子。说着又提起前不久与女儿同去图书馆看书，也因馆方某个类似的疏忽，和管理人员起了争执。过后女儿还埋怨他小题大做，让他很是不快——难道就不该讲讲这个理？

我没来由地想到老尹表明立场时常说的一句话："还是造反有理。"此话他未加解释，我也没追问，但约略也猜得到，那与"文革"期间的口号不是一回事，没准倒是法国一九六八年"红五月"精神的余绪，这上面他与玛丽安是同调，"造反"者，敢同一切压迫和不合理的东西对着干之谓也。但他在这边实在无反可造。遇上带有"造反"色彩的事，比如罢工之类，玛丽安十有八九是积极分子，老尹虽不免在家里高谈阔论一番，却没法像玛丽安那么投入。关键是，在这儿他不能产生那样的切己之感。玛丽安忙着游行、印传单，这时候老尹多半是在家闲着，或是在管家务。

老尹的喜和人争执当然与"造反"无关，只能说是小小的不平之鸣吧，而且这不平是没名目的。起初我以为这是因为这一段闹离婚情绪反常的缘故，但老尹说这样也有好多年了，只不过近年更甚罢了。女儿早就对他不满，说他老沉着脸，一副不高兴的样子。有什么不高兴的呢？不如意之事常有，但若顶真要他说有何不满，他也说不清楚。妻女对他好，周围的人彬彬有礼，这个社会待他不薄。像教育孩子这样的事，他有一套，玛丽安另有主张，女儿在那样的环境中长大，当然愿意听母亲的，这难道是玛丽安的错？玛丽安愿意在学校里忙，也没拦着他，他自己也不是不乐意做家务，落在主内的地位又怨得了谁？老尹没什么可抱怨的。正因说不清道不明，不知道该怨谁，老尹越发觉得郁闷。

我间接地听说过，老尹的法国同事说他有时显得过分地谦卑。很难想象老尹这么个心高气傲的人会和"谦卑"二字联在一起，但那也许是真的。入乡得随俗，何况是我们都承认的更文明的社会，"谦卑"往往就是适应这优越的环境付出的代价。环境的压力是无孔不入的，何况是另一种文化。老尹就是觉得气不顺，又还得在家里家外"持之以礼"，一股无名火不定什么时候就不择地而出，那种压抑感常常就以犯拧的方式发泄出来。我隐约地觉得，他的种种"反常"之举，包括拒不加入法国籍，都是情绪作用的结果。

和老尹最后一次喝酒是在赛纳河边，其时我任教期满，就要回国了。巴黎前所未有地酷热，屋里呆不住，老尹建议带上酒到河边去。他的住处离赛纳河不远，穿过一条街就到。晚上八九点钟，外面仍然热气蒸腾。这一段河边最是热闹，到处是人，跳舞的，唱歌的，散步的，弹琴的，聊天的，谈恋爱的，干什么的都有。老尹领我找了个僻静的地方坐下，从提兜里取出一瓶干白，两支高脚酒杯。河边上喝酒的人不少，不过都是喝啤酒，也有个把喝烈性酒的，喝葡萄酒的却是没有。老尹说他基本上不喝别种酒，喝葡萄酒才觉有兴味。葡萄酒中又数干白是他的最爱，干白不像干红那么浓厚，却别有一份轻灵飘逸之气，在他看来，是真正的酒中君子。可惜太娇贵太脆弱，温度变化稍大就变味。老尹说着摸摸酒瓶，说太热，这么喝味不对，便顺着河岸斜坡往下走到水边，在河里让酒凉快凉快。恰有游船驶过，船上的强光灯将两岸照得雪亮，西岱岛上的巴黎圣母院，那一侧有市政厅、卢浮宫，一路扫过去，船上的人便兴奋地欢呼、挥手，岸上坐着、躺着的人也闲闲回应着，其情其景，也是一种巴黎的浪漫吧？待船驶远，眼前忽地黑下来，黑影里老尹还蹲着在摆弄那瓶酒，衬着水光，我忽然发现老尹的身影很是瘦削单薄。我想，至少是现在，巴黎的浪漫，老尹是没份的。

那晚上老尹又说了一通酒，还有巴黎的咖啡馆和种种去处，还说来法国别的没学会，吃喝玩乐倒真是懂得不少。口气是调侃的，却也透着几分得意。那晚上老尹有很多的回忆，因为左近一带正是他初来法国读书时经常闲荡的地方。老尹说，玛丽安刚提出离婚时，他轻生的念头都有了。现在他显然已经平静了很多，提起来也不带多少伤感的味道。至于将来，老尹一脸不在乎地说："混吧。当知青那会儿都过来了，还能活不下去？"

和老尹分手到现在已有好几个月了，现在也属"将来"的范畴了吧？不知道离婚是否已成为事实，若已离婚，现在又怎样。网上得不到回音，这几天我又在给他打电话，却总是没人接，所以我终竟不知道老尹故事的下文。

〔附记〕写这文章是在好几年前。某日与一也曾在阿拉斯教书、对老尹很了解的同事聊到老尹，回家后便将文章发给他看。过几天同事打电话来，赞了几句之后很认真地问我投给杂志没有，我回说没有，他便道，最好不要拿去发表，以现今资讯的发达，老尹肯定会看到的，而看到了，他会不快，或是难过的。我对同事的话将信将疑，文章一直窝在硬盘上，却不全是出于这一层顾虑，亦因从未写过这一类东西，全然不知该往哪儿投。不料老尹还是读到了我的文章。经过颇为曲折：两年前又一同事到阿拉斯教书，在那里认识了玛丽安，还在玛丽安处见到了老尹——是到阿拉斯来看女儿，顺带着帮玛丽安整菜园子。同事在电邮中说起，令我想起旧时的文章，便妹儿过去让他"核对"真人。同事不合拿了去给玛丽安看，玛丽安读罢以为写得很像，又让老尹看，据说老尹读了有点不高兴。其时二人已离婚多时了，却还是朋友的关系。

前年吧，老尹学文化遗产保护的人女儿苏菲想在南京找个博物馆实习，玛丽安事先相托，我请朋友帮忙，原已差不多与一博物院说妥了，事到临头那边又变卦了，因为外国人来博物院参观的不少，实习的从来没有，这就又属"外事"的范畴了，得报到哪一级哪一级研究研究，一研究就没了下文。好在后来的安排也还令人满意。忽一日，接到一个长途，听那东北腔的普通话，不是老尹是谁？他是为女儿事向我表示谢意的。我说，你倒像个大领导，最后出面了。电话里自然聊了些这些年的情况，后来不知说到什么，就觉他话音里有点阴阳怪气，我反应还算快，意识到他在暗示写他的文章呢。也只好硬着头皮问：如何？还有点像你吧？他那边拖了长腔藐藐地答道："有那么三分像吧。"——典型的老尹的口气，不要说他有几分不满，既使是说好话、客套话，他也要带出三分玩世不恭的神情来。我想起当年我回国前，他要送我一瓶一九九五年的MONTUS，搁在有些人，或者要郑重提示，话从他嘴里出来，就变成这样："不嫌沉，愿意背你就背着吧。"——语气里大有不以为然的意思，好像千里迢迢的，不值，虽说那是瓶极好的酒。

我指责他不发邮件不通音问，他似乎找了些理由辩解，并且表示来年圣诞回国度假要到南京来会会朋友，可又通过一次电话之后，他便再度无踪无影，没了消息。最近一次听到他的情况，倒是从玛丽安的口中。去年暑假她来南京旅游，充导游之余，自然也问到老尹，她说起老尹的神情若不像老夫老妻，至少也像是一位亲人。其实大的关目都已经知道了，不过是更清晰一点而已：老尹有了一位女友，已在谈婚论嫁了。此外他已成了法国公民。后一项是玛丽安催促他并且张罗着去办的，离婚之后还是中国人的身份，办许多事都太不便。老尹起先还拧着，后来也就顺从了。玛丽安本人的情况我没好意思问，但肯定还是单身。我的同事有时会在她身边看到一位大胡子男子，这人我见过，在中学教数学却自学中文，自称喜欢李白、苏东坡的，似乎只是朋友。

玛丽安问我的一个问题比我问她的要难回答得多也抽象得多，她问我"浪漫"是什么意思？这一问是有缘故的：她汉语说得很流利，碰到的出租车司机都很愿意跟她聊几句，一听说是法国人，他们几乎相同的反应是："啊，法国人——法国人浪漫！"——好像立马很知道底细的样子。我告诉她，这词是从你们那儿来的。她辩道，法国人一点也不浪漫呀！他们到底是什么意思呢？我也解说不清了，半开玩笑地说，反正就是不现实，喜欢干没用的事吧，像你当年和老尹结婚，就应该叫"浪漫"。

叶老板

　　到法国闯天下的同胞，以地域性的大规模移民而论，第一波是广东人，第二波则是浙江人，浙江人中以温州人为多，温州人隐然成了浙江人的代称。外人这么说，他们自己不肯含糊的。比如叶老板就不止一次纠正我，他是青田人，虽说青田距温州不远。据说与地道的温州人相比，青田人在欧洲打拼的人数已有后来居上之势。小小的一个县，几乎家家都有人在欧洲，而已在欧洲的人很可能是下一轮移民的前站，一旦站稳脚跟，先是合家移居，接着就拉扯亲友过来。

　　移民欧洲，途径多样，有明修栈道的，自然也有暗渡陈仓的。我不知道叶老板是通过什么途径来到法国，他讲述的打拼历程一般是从他在戴高乐机场下飞机的那一刻开始。"下了飞机身上只有几个法郎，还有就是一把菜刀"，我记得他是这么向我描述的。时间久了，对两个具体的细节我都不能十分肯定，一是钱的数目也许有出入，至于菜刀，现在我也有些拿不准，疑惑会不会因为小时听"一把菜刀闹革命"的故事印象太深，擅自把菜刀嫁接到叶老板身上去。但刚到巴黎他赤手空拳，这是不会错的。

虽然下飞机的第二天他就在一家中餐馆干活，菜刀一时却用不上，他洗了一年的盘子。第二年他开始操刀，先是干白案，从专管切菜到专事切肉，每天切一大堆菜或肉，竭了工手是僵的，腰则像要断掉。在国内他是中学教师，哪干过这个？但他硬是挺下来。这以后做红案，从打下手到做大厨。他曾描述过他的刀功和颠勺的功夫，不过当大厨显然不是终极目标，像许多浙江人一样，他从一开始的目标就是开个自己的中餐馆。几年后他的餐馆就在巴黎市区边缘一个不太热闹的地方开了张。

假如那家馆子红火，或者，只是开得下去，我就不会在阿拉斯的外卖店里做客了。关于那家店的倒闭的情由，有两个版本，一个是我从他口里听来的：市口不好，经营不善，到后来差不多开一天赔一天。另一说法出自玛丽安，来源也是叶老板，他说是让合伙开店的人给坑了。我想是我没弄清楚，他有过两次走麦城的经历也未可知。这都无关紧要，反正他栽过，而且认栽。认栽之后很快就筹划着从头再来。

这一次是审时度势，谋而后动了。当然，还是做中餐馆生意，这是中国人在海外的传统行业，最有把握赚到钱。但不能在巴黎，巴黎中餐馆已是遍地开花，竞争太过激烈。却又不能远离巴黎，因为亲戚朋友都在那里，而中餐的原料巴黎中国城最全也最便宜。跑了一圈之后，他选中了距巴黎两小时车程的小城阿拉斯。

我到阿拉斯教书的时候，叶老板打拼数年，早已家道复初了。当然，原本也就说不上家大业大，叶老板在巴黎开餐馆是借了别人很多钱的。据说在欧洲中国人经常做会，大概就是所谓民间融资吧。这样的钱来钱去，靠的是信用，叶老板很自豪的一件事就是他的信用，说到底，是他的口碑，开餐馆赔了，要东山再起，还需本钱，叶老板都跟人明说，旁人也就放心地借钱给他。"换个人试试，看借不借？！"他不止一次对我明知故问，言下很是自负。

他也对得起旁人的信任——不到两年，他把钱全还上了。与之相伴，是生意在稳步发展。说起来现在的生意比当初还小些，叶老板一开始就定下步步为营、稳扎稳打的方略，具体点说，就是专心经营外卖。我经常去他那儿聊天，就是在那外卖店里，店面极小，一点不起眼，我已是熟门熟路，好几次还是不觉就走过了。里面原本就是狭长的，柜台一放，更是逼仄，像是利用一个穿堂或是走道。也有三五张小桌供堂吃，却是点缀性质，多数顾客都是打包带走。叶老板有他的算盘：像在巴黎那样开餐馆，生意好时赚头是大得多，但要雇不少人手，法国的法律，雇人不仅要付工资，还得按人头交税，开销自然大，倘若门庭冷落，开一天没准就亏一天。做外卖不必假手外人，好多年都是他和夫人两人包干，后来也不过从家乡来了个亲戚帮忙打下手，赚头是小，可只要有入账，就是赚。叶老板觉得这钱赚得踏实，与当年相比，反觉有底气。这几年他已让妹妹、大女儿将这外卖模式拷贝到布洛涅、加莱去了，生意都挺红火。

　　我通常都是晚饭之后散步到他那儿去。他的夫妻店是典型的男主外女主内，夫人在里面操作，他在店面支应。若是到得早些，他会站在柜台里面和我搭话，好随时照应店面，这时其实已少有顾客光顾，但他的原则是，决不放过一笔可能的小生意。总要挨到九点半，这时他会拍一下手宣布："好，今天收工了。"只有周六周日收工早些，休息日，那些买外卖的上班族消失了，他这里也不是正经用餐的地方，较平日也就冷清得多。于是放下卷帘门，拿一小瓶红酒，端一碟花生米到我面前，说，喝酒，法国的红酒好啊，有时还会摸出一包中华烟来请我，他自己却是不喝，也不抽。我喝酒，他便吃饭，这是他们的晚餐时间，通常是满满一大海碗粉干，卖给外人的菜肴是决不碰的，用他的话说，那是糊弄老外。

吃着，喝着，自然是扯闲篇。什么都聊，法国，老家，他的奋斗史，小到法国菜（他不止一次很鄙夷地说，那叫吃的什么玩意儿，猪食啊！），大到天下大势。叶老板平日话不多，打开了话匣子，却是一套一套的。大凡白手起家、自己闯出来的人，都有几分属于自己的自信，言谈之间，不经意间会流露出笃定的神情，叶老板虽是除了进货几乎足不出户，不看电视不听广播，对外面世界的了解就靠一份不大赶趟的中文报纸《欧洲时报》，谈起来却是知道的不少，说到房价、股票之类的话题，还会有一番分析，气定神闲，很有把握的样子。

说他足不出户，实因他这里店就是家，家就是店。老俩口加上帮工的亲戚都住在楼上。那上面我从未上去过，既是一楼一底的房子，上面想必也挤得很，算来这么着也有多年了，看不出他有搬家的意思。千万别以为他舍此就没地方住，除了这一处，我所知道的，他至少还有三处房子，巴黎有一小套，阿拉斯市中心地段有套一百五六十平方的，火车站附近的那处上下三层，蛮大的院子，类于我们所说的联排别墅，多数中产的法国人住的就是那样的房子。叶老板对他买下的房产很是得意，有次领了我去看市中心的那一处。

　　绝对的黄金地段，离商业街就两三分钟的路，他的房子在二楼，从一楼进去，觉得很是破旧，到上面却是焕然一新，原来是刚装修过，到处弥漫着簇新的油漆味。老叶将门窗一一打开，又将每个房间灯都开了，领着我巡视他的领地。"买下来的时候不成样子，比楼下还破。但这房子质量好啊，国内新盖的楼就像纸糊的。法国佬不懂，一看这样子都不要，便宜也不要，现在看看——"他得意地示意我墙壁有多厚，地板如何结实……我很奇怪这里的装修怎么和国内一个味，而且是几年前流行的样式，一问方知，是从家乡来的一帮人干的活计，他们在法国黑下来，就在华人的世界中接活。与法国人的装修当然不接轨，脑子里大概还是来法国前在国内轻车熟路的一套。说实话，活干得粗，材料用得将就，这房子的底子看得出，有些身家的才买得起，经这一弄，却有内地县城装修特有的假豪华味道。不过叶老板似乎很满意，不住地跟我讨论档次问题。不能扫他的兴，我附和说，这房子要搁在国内，卖老鼻子钱了——有一半也是实话。

　　看来买房子叶老板也有他的一套，大体上是人弃我取，却也并不是剩下就捡，是那些地段不错底子好，又看似没法收拾的，他出手买下，而后重整河山。在火车站附近的那一处，破烂得触目惊心，几乎形同废屋了，去看过房的法国人立马打退堂鼓：要把这房子整得能住人，要费多少事，要化多少钱？叶老板吓不住，心里马上就算出一本账，他可以找家乡人的包工队，还可找到法国人再也找不到或不肯费心找的便宜材料。他还自己上阵，据他说，建筑垃圾都是他拎下来，开车运到垃圾场的。六十多岁的人干这活，简直有愚公移山的味道。从装修到运垃圾，决不假手法国人，"法国的人工太贵了"，叶老板说。说这话时，他很自然地把在法国的中国人排除在外。后来我发现，这里华人有一个独立的世界，从装修到理发，都可以内部解决的。

市中心的房子既已整好了，我就问他何时搬，他告诉我装修起来是准备出租的。那准备将火车站那一处留作自用了？也不是，还是准备出租。他对现在逼仄的住房并无不满，虽说小女儿早就闹着太挤，都不能带同学回家。还在买房时，叶老板就已盘算好了，市中心的一处，租给有钱的白领，一家人住；火车站那边的，分着租给大学生，顶楼便宜点，下面两层租贵点。身在小屋，放眼出租房，常言道，家中有粮，心中不慌，叶老板的底气在此，一旦退休，房租就是他的养老金。

那天参观新房结束，就要走了，叶老板关掉客厅大灯之前，手指在开关上停留了很长时间，眯了眼又将房中打量一番，踌躇满志地问我：“你看这房子，一个月两千肯定租得到吧？”这是设问句，我哪懂此间的行情？但我绝对相信他的判断，当下唯唯。

几处房产都是一份一份的外卖卖出来的，单想想这个就让我对叶老板肃然起敬。做外卖绝对是薄利，固然可以不雇人，自己可就累狠了。不比那种堂吃的馆子，就是中午晚上两餐，外卖店的营业是全天候的。叶老板几年如一日，从早忙到晚，通常是六点不到就起身，和太太两人，备料，洗，烧，光大的春卷就要包一百个上下，忙到九点多，开门营业，从这时起直到晚上九点半，除了抽空吃顿午饭，差不多都在柜上站着，一年中我去过无数次了，营业时间，即使没人光顾，也几乎从未见他坐下过。中国人做餐饮的，都没有休息日一说，叶老板更是如此，节日也不休息。

不过洋人的节，也不过自己的节。大年三十，想我一人在外，他便让我到他那儿去过，不想那晚上下大雪，行路不便，便没去。第二天早上打了个电话拜年，听里面有法国人在说话，一问，是顾客，才知道正在营业。我以为一年里这几天肯定歇了，其实头天晚上他们也不过提早了半小时收工。有些日子，比如星期天，或有三天以上假期的时候，可以料到生意清淡，叶老板也还是照常营业——“只要开门，多少有点进账。闲着也是闲着。"他如是说。在他那儿帮工的亲戚是个二十来岁的小伙子，有次背着他向我抱怨，说累还在其次，什么都没的消遣，除了做工还是做工，闷得慌，早知如此，还不如在国内哩。

这些话当然不敢对老叶说。关起门来，叶老板是家里的绝对权威，小伙子收工后偶尔出去找城里的同乡打打牌，也都是要向他说明的。而且老板没一刻闲着，你还能怎地？叶老板并不觉得日子过得单调乏味，每天做活，每天有进项，看得见，摸得着，这就很踏实。他哪儿也不去，虽然能说法语，和法国人的交流却只限于交易，就像出来打拼的绝大多数中国人一样（出来读书的当然是另一回事）。就是同胞之间，叶老板也极少来往，阿拉斯原本也没多少中国人。卖皮包的小郭小吴夫妻俩是温州人，应算大同乡，店面就在同一条街上，也就两百米，却也极少碰面，都忙。此外老叶对他们的心思活和"好玩"也不大看得惯。小吴在阿拉斯闷得慌，想找个大点的城市开店，老叶对前景一点不看好，还觉好高骛远的，不实在。至于小郭，他当然更看不入眼。小郭其实并不"好玩"，每日闷头做生意，也嫌老婆心太活，却是管不住，回了家每每就闷了头喝酒，也不知什么时候，忍不住了，就会开了车到有赌场的地方赌一通。通常都是输，有次输大了，和小吴吵得天翻地覆，叶老板还劝过，过一阵又赌瘾发作，复又输得一塌糊涂。叶老板也就唯有摇头了。

后来我知道，在欧洲做生意的中国人中，赌博极普遍，生活的单调、与主流社会隔绝是一大原因，太闷了，就要找刺激，飙车、看足球、滑雪，也许都自有其刺激，无如那是属于洋人的刺激，早先去打工的人本能地觉得与己无关，就像国内年纪大些的民工将进电影院之类看作属于城里人的消遣一样。也极少有人去嫖，倒不是色欲淡，实在是与前面那些选项相比，嫖妓更属高消费。——只要划入消费的范畴，这个人群大体上就躲开了。任何消费都是钱有去无回，唯有赌博，运气好钱不但可以回来，还会成倍地往上翻，所以成了最佳的刺激，虽然像进一切高消费场所一样地有些怯场，好多同胞还是硬着头皮进去了，这好像也是在陌生国度中唯一可以忘情投入的公共场所。结果是可以想见的，倾家荡产的也有不少了，比起来小郭还不算是惨的。叶老板摇头叹息道："辛辛苦苦赚来的钱，平日舍不得花，倒好，送给赌场。"

叶老板，当然，不赌不嫖，而且其他的不良嗜好，一概没有。自觉行得端，坐得正，叶老板很有做人的底气，这上面他自信，也有理由自信。身在异国，可说是在人屋檐下，做生意虽是一团和气，他并不觉得矮人三分，反正是靠本事吃饭。像大多数出去的中国人一样，叶老板的参照系从来都是自己人，法国与他的世界除了买卖之外没有更多的关系，更富也罢，更神气也罢，反正他在法国也站稳脚跟了。任是外面的世界怎样热闹，关起门来，他有自己的领地，至少在这里，他做得了主。偶或说到法国人，老叶常会用一种鄙夷的语气说话，吃的不用说了，是猪食；父母待孩子，哪像家长的样子？整天就想着度假，没个正事；还有，有钱有什么用，就知道胡花。说这些，有意无意间倒是有点比一比的意思的，比如我猜他就想，别看外面风光，有几处房产的法国人，也不算多。

当然，有时他也说法国的好话，尤其在事涉当年选择来法的时候。叶老板不用"成功"这个词，不过他以为自己算得上成功却是肯定的，不管是做人还是做事。成功的人大多认定自己的选择是对的，他就认定，虽说吃了许多辛苦，来法国这一步，他是走对了。常有大陆人说这些年国内如何如何变化大，有多少多少致富的故事，老叶隔几年回趟国，也领教了，但他不为所动，而且变身为坚定的法国荣誉捍卫者。你要说在法国挣那点钱，太辛苦，他便要说，国内多乱，那么多的请客送礼、歪门邪道，这钱未必就挣得到。此外，法国的空气好，法国人讲卫生，法国人懂礼貌……有不肯自我否定的成分，大半却是真这么想。正以此，他曾劝我的一位同事别回去了，呆在法国比回国强。几年前我的同事也在阿拉斯教书，与叶老板特别熟，常到他那里拉家常，老叶便推心置腹地劝他，借夫人孩子到这边旅游的机会，一家子都留下来，孩子在这边读书，多好？他并且算了一笔账：来欧洲不容易，办张护照得十几万，三个人得好几十万，留下来岂不等于赚了几十万？

记不清他有没有对我提出类似的建议，劝我同事留下的事则肯定也从他嘴里听到过。他不再劝我，或是没有那么认真地劝我，也许是我的同事没认他的理，这些年国内似乎也不错，也许是觉得教书的人吃不得苦，所以不提。但若是论理，当然还是他的道理对——叶老板有一个属于他的"对"的世界。

也难怪他显得自信满满，仿佛一切都可搞定。白手起家，堂堂正正，都说男子汉大丈夫当如何如何，不取"大"字，老叶当得起。据我的观察，似乎只有一事，叶老板有点搞不掂，而且是属于关起门来的事：他有三个女儿，二女儿居然自说自话，要跟一法国人结婚，这是他再没想到的。

反对无效之后，叶老板开始长久地陷入对洋女婿的恐惧之中。虽然在法国呆了很多年，一天到晚跟法国人打交道，应酬也算自如了，叶老板还是很难想象家里有个成员是法国佬，光是想想就浑身不自在。当然，早已不存在什么几代同堂，在法国即使是中国人家，子女结婚后通常也自己过了，但是女婿总得登门看老丈人吧？叶老板当真很具体地悬想过尴尬的场面：女婿上门，不提点心不拎酒，怀里捧着的是一束鲜花，也不知道喊"爸爸"，张口"你好，叶先生"，花就递将过来——这算哪门子事儿？！

然而叶老板所担心者还是成了事实，二女儿就嫁了个法国人。而且小女儿看来还得再弄个法国女婿进门，我在阿拉斯的那阵子，小女儿正和一法国小伙子谈恋爱。不用说，叶老板是反对的，可如果二女儿拦不住，小女儿就更别想拦了。上面几个都是在中国出生的，老叶在法国站稳了脚跟之后才接过来，小女儿却是生在法国，家乡话都不会说，家里其他成员说起来，还得有人给她翻译。这倒还没什么，关键是从上小学起就泡在法国人堆里，法国化的程度较两个姐姐高得多了。正上高中哩，就有男朋友了，谁知道乌七八糟会搞出什么事来？法国人娘老子都是不管的，他不能不管，是女儿就更得管。到底不是一辈人，开皮包店的小吴都说，老叶管女儿管得太紧了。管狠了，不免就起冲突。我有几次在他店里闲聊，正碰上女儿从外面回来，也不招呼人，都是绷着脸自管自进里面去了。想来父女间的冷战，已非一日。当此之时，叶老板的脸就阴沉下来，半天缓不过劲。有次在他那儿聊得时间较长，他过一阵就起来打一电话，我听出来是催小女儿快回来。起初是问，再后是催，最后辞色之间，是下最后通谍了。这最后一次电话打完坐下再闲聊几分钟，他便说开车送我回去，顺道接女儿。车开到一幢小楼跟前，等着，半晌没动静，老叶耐不住了，让我在车上等，下了车就去按人家门铃，不一会人出来了，待身后门一关上，便冲叶老板发低声抱怨，大约是觉得她的面子丢尽了。老叶就熊她，声音高起来。声音一高，小女儿就再不吱声，嘬了嘴脸拉老长，撇下老爸兀自蹬蹬蹬朝汽车走过来，老叶愣了片刻，尾随着上了车。这一路直到我的住处，老叶一言不发，弄得我极其尴尬。

以后有一阵没到他店里去，直到学校放假，宿舍关门，没地方住了。租法国人的房子太麻烦，就向叶老板求援。老叶一诺无辞。住了将近一个月吧，要往巴黎而后回国了，去交还钥匙，也向他辞行。问他房租怎么算，他说算了，最后推来让去，还是没收。因想他向来钱算得紧，一间房准备租好几百哩，我可是占了他一层。委实有点过意不去。

回国后和叶老板基本就断了联系，只春节时打了个电话过去。上午打的，那边已是晚上，电话里传来嘈杂的声音，这才想起春节他是不歇工的。怕影响他生意，没说多少话就挂了。我倒很想问问小女儿怎样了，二女儿的洋女婿上门拜年了吗？我对后一问题尤为好奇，不知他如何应对，想来态度应是在老太爷的矜持与平日对法国顾客的礼貌二者之间游移不定吧？当然，这样的玩笑还是不开为妙。

日记中的保罗

　　在法国那段时间，大约因为有闲而又无聊，居然记了几个月的日记。都是流水账，当然也不免提到接触较多的一些人，若要归类，则一是中国人，一是学生，还有就是宿舍中人。法国学校照例没有学生宿舍，学生都是自去租房居住。但我任教大学一墙之隔的教育学院情况则不同，因学生多为在职的中小学教师，不少是短期进修性质，时间既短，租房不便，校中便有了一栋宿舍楼。初到法国时不及租房，就与教育学院商量，暂时住在那里，后来因贪学校的食堂，可以不必自己做饭，也就懒得搬了。

　　这宿舍常住人口不过三十人上下，法国人到了周末就回家，近的驾车，远的坐火车，有一位特远，经常赶飞机回去。所以宿舍中坚持"留守"的多是如我一般的外国人士。这些人士又都有一特点，即是穷，或来自前法属殖民地，或来自前社会主义国家，和我比起来，有的家也不算太远，但是没钱，也就归不得。都是归不得之人，接触也就较多，这里面有一位，就是保罗。

日记里关于他的内容大略不出两项，一是他的穷，一是他跟我谈女人。

日记中第一次提到保罗，说他是美国人，也不知为何这样认定。他说英语发音很好，也甚流利，但绝到不了英语国家人那种程度，而且也不是美式英语。也许是第一次见面时是好多人在一起，介绍时张冠李戴了吧？当然不久以后我就弄清楚了，他是罗马尼亚人，到这儿进修法语，回去就要在大学任教。

保罗长得高大英俊，一米九以上的身高，且极挺拔，只是稍稍有点谢顶。东方人看欧美人，年龄判断上常易出错，我以为他总在三十上下了，后来才知道不过二十二三岁，算起来我应是叔叔辈的人，但洋人看我们的年岁也是走眼的，通常要年轻十岁，一加一减，双方稀里糊涂的，也就同辈式地相处。其实最经常的交往是一起打羽毛球，球场上也不用讲长幼之序的。他，还有个荷兰人戴维，时常拎了拍子来搦战。上了场就没章法地乱跑，握拍像端着网球拍，或竟像持大刀片。洋人提到羽毛球就像乒乓球一样，对中国人肃然起敬，似乎小球里有着类于功夫的神秘，不然他们身大力不亏的，怎

宿舍"留守人员"聚餐，左边近前二人为露西娅、玛丽娅，右边远端二人为保罗、戴维。

么就不行呢？我恰好能打两下，宿舍里就哄传，那个"西奴娃"（法语中国人的发音）如何了得。将他们整治得满地找牙，确也不在话下，奇的是，保罗又不服输，总相信有一天会打败我。也是逗他玩吧，某日就让他赢了一把。于是满宿舍里又传，保罗把"西奴娃"打败了！像头号新闻。保罗满脸得意地笑，这一笑就不像三十岁，像二十都不到。

但保罗这么笑的时候并不多，似常有心事。有何心事不知道，与他关系最近的戴维也不知道。戴维只告诉我他极聪明，也极用功，法语很棒，连法国人都称道，有些词语，法国人不知道，他却知道。据此戴维预言，此人将来必有一番作为。我于法语一窍不通，他的才具无法判断，勤奋是真的，宿舍中人似无出其右，不过较之法国人，东欧来的学生普遍更用功，也许是来法国机会难得的缘故。这些我不甚关心，日记里没这方面的内容。

日记里头一次对保罗有较多记述是吃早餐：

　　醒来不知几时。听走廊已有动静，匆匆起身下楼。天尚黑，以为尚早，然于餐厅入口处遇保罗，即知再迟则早餐时间已过矣。盖保罗早餐每每为最迟到者。初认其贪睡，渐知其别有用意，因众人离去，他可多取酸奶、黄油等物也。每日所取似均倍于他人。可叹。

这里须做点解释：欧洲餐馆大多早上不营业，我们这边街头巷尾随处可见的早点摊更是没有，吃早餐都在家里，所以再差的旅馆，也须提供早餐，且多半是包早餐（中国的宾馆现在也常有包早餐的，就是学的洋派），学校宿舍也一样，早餐是算在房费里的。当然是自助式，与午餐的不同是不限量，虽极简单，不过是面包、黄油、果酱巧克力酱、酸奶、咖啡外加水果。你要带些走也没人管你，多数人顶多也只带走个苹果桔子什么的，都是大大方方，并不遮掩。保罗则常常将整包的切片面包、十数小盒的黄油、果酱携归。

我说"渐知其别有用意"，并非得自有意的观察，实是平日的印象积累。意识到留守诸人的穷，不是始自保罗，是他的同胞。宿舍中来自东欧的，保罗而外，尚有两波兰人、两罗马尼亚人，都是女孩。这几位长得比她们的法国同学漂亮，尤其是保罗的同胞，露西和玛丽娅，都是黑头发，在黄发金发褐色头发的人当中有几分特别，玛丽娅的漂亮有几分俗艳，露西长得玲珑，头发总是梳在后面挽 个发髻，人很文静，比起来就有大家闺秀的味道了。但二人衣履的敝旧则一般无二。据说北美女性不大打扮，除非正式场合，牛仔裤老头衫的，就能招摇过市。欧洲女子则讲究些，法国女子更是讲究，虽不一定是显山露水的那一种。一讲打扮，这些东欧女生的寒伧就越发显出来。一是旧，甚至就在破的边缘了，二是不入时，像是从旧货市场里来的，大略近于我们一九九〇年代初的样式。女孩总是爱俏的，何况长得漂亮，但我在宿舍里前后好几个月，不要说上点档次的，总共也没见东欧女孩换过几身行头。露西和玛丽娅尤甚。

宿舍有一去处，法语叫FOYER，读如福合页，应是什么什么之家或中心的意思，有公共厨房、会客厅、自修室、电脑室等等，因住处极狭小，是真正的斗室，宿舍中人大多在此盘桓，睡觉才回去。露西和玛丽娅则很少出现，即出现也是不多时即离去。冬天，室内的暖气开得很足，进来就得宽衣，露西、玛丽娅却总是捂着。有一次我请留守的全体人员吃中餐，许是热得受不了了，二人终于脱下外套，里面的毛衣一望而知是手工编织的，颜色、样子都"土"，而且肯定穿了好多年了，没颜落色的。我猜单是在众人面前露出来，她们大约也小有一番内心的挣扎。

我不记得问过露西关于罗马尼亚的物价之类，不过日记里既然记着，当然是问过。露西答道："对你们也许便宜，对我们还是贵。"——我们也算富有的了？令人惶恐。

细看之下保罗穿得也寒伧，不过男的穿衣要随便得多，也就不显。他的窘迫我是慢慢从吃上看出来的。午餐极少在餐厅里遇到他，在公用厨房里也不大见。即见到也不是在做饭，多半是在啃面包，面包里夹许多奶酪，极少见到他吃肉。这么高的个，又是二十郎当，不吃肉怎么行？有次问他，他道是不喜肉食，但我请众人吃饭，洋人不大问津的猪肉他也吃得不少。我因此知道他是在掩饰他的穷。罗马尼亚长期是齐奥塞斯库独裁，积重难返，政经均难上正轨，东欧诸国中是发展最慢的国家之一。保罗不愿谈这些，我每提起，说不几句他就没精打采地岔开，就像讳言他的穷一样，有一种说不清道不明的羞耻感。凡直接间接关涉到钱的事，说起来他就有几分不自在。我是在他不自在的神情里才悟得"囊中羞涩"四字状写一种情境的传神——钱包怎会难为情呢？这里的不通反直接点出"贫也"和"伤哉"的关系，的确是"羞涩"。

　　因此想到一九八〇年代到欧美的中国留学生，大概也是类似的窘境吧？但还可以打工，这里是小城市，打工都没机会。

　　日记里提到宿舍里人多次聚餐，除了我请客的那次，似大都没有保罗的影子。并非他喜独处，有个周末他与一伙人泡吧到凌晨三四点，第二天说起一脸的兴奋。正是喜欢"群居终日"的年纪，怎么就不赶聚餐的热闹呢？下面闹得沸反盈天的时候，他常一人在二楼的电脑室里。

还是因为没钱。我请客还是国内的习惯，中餐，又限于周末留守诸人，所费不多，通常宿舍中的聚餐则是 AA 制，各人出钱，提议者操办。有次聚餐，戴维去拉保罗，他道，太贵了。戴维说请他，他拒绝了。其实聚餐每人也就摊两三欧元，尚不及学校餐厅一顿午餐的钱。保罗为何午餐时几乎从不去餐厅，也就不用问了。此外，那顿免费早餐对于他的重要性，亦可想而知。

法国北部纬度高，冬天天大亮要到八点半以后，披星戴月吃早餐并不是夸张的说法。保罗总是姗姗来迟，起初以为是他年轻，贪睡。后来发现不是，因为好几次看到他是从福合页那边来的，而且极少见他有睡眼惺忪之态。我因睡得晚，早上常常要挣扎好久才爬起来，往往是在最后一刻赶到餐厅，这时十有八九，里面只保罗一人在吃早餐。他显然不愿意有人在场，虽然众人在时，他也过来坐到一起，却总是磨磨蹭蹭，最后一个离去。拿走那许多食物，让人看见，无异于将他的囊中羞涩暴露于众目睽睽之下，尽管这也不是什么明令禁止的事。

我的出现他想必也是不欢迎的，头几回可能还指望挨延到我走，无奈我去得太迟，他虽是有意带本书去，一边看一边吃，也差不多了，没理由再呆下去。捧起那些食物，他有些尴尬，见我眼睛正朝这边，似要说什么，结果没说，变成自己跟自己咕哝，大概是罗马尼亚语吧，表情是羞惭与焦躁的混合。以后次数多了，在我面前也就习惯成自然，不再掩饰。

其实以"囊中羞涩"说保罗气息不对，轻松了点。客问阮郎"囊中何物"，答曰："俱无物，但一钱看囊，庶免羞涩尔。"——很有几分自我调侃的。保罗哪有这份不在乎？他的难为情中，毋宁是混合着屈辱感。留守人员中还有个刚果人悉德尼，一样地也是穷，有时早餐也带许多东西走，甚至有一次干脆用口袋装了走，却并不羞惭，天经地义的样子。保罗不能坦然面对他的穷，即在我面前，东西可以照样拿，神情总还是别扭。

至少部分地，我想这是因为他的骄傲，也源于周围人不经意间偶或流露出的异样的眼光。有个在宿舍中住过一阵的中国学生告诉我，不少法国女生提到保罗都有些看不起的意思。这是真的，还不限于女学生。餐厅有个给大师傅打下手的伙夫，长得肥头大耳，看着就像个伙夫，我经常早餐去得太晚，桌上东西都收走了，就找他讨要，跟他混得较熟。有次请他抽中国香烟，闲聊了一会儿，他就蹦几个英语单词带比划地说保罗如何拿走一大堆食物，言下很是不屑。其他人从未在我面前说过，我也很难举出具体的例子证明某种隐性歧视的存在，不过的确是有的。保罗当然意识到了，所以他虽是一群"老外"中法语最棒的，来法目的就是学法语，与法国人的交流却少于他的同胞。他有什么让人看不起的呢？论聪明，他肯定在众人之上，要说有时让人觉得别扭，闷闷不乐，不像同龄人那般阳光，那也与他的贫寒有关。说到底还是因为穷。这也就见出人的势利。虽说宿舍里的法国人都算不上富有。

也不都是这样。有个叫米拉耶的，二十八九岁，好像是法国人中年龄最大的，对他就很好。他对米拉耶也有几分弟弟对姐姐的味道，有事常向她求援，比如让她跟餐厅的人打交道。餐厅周日不开门，通常是周六从那儿拿些面包牛奶黄油之类放到福合页，以备第二天早上之用，旁人有时会忘记，保罗总是记着的。有次米拉耶决定不回家度周末，保罗就央她去讨，我说，你干嘛不自己去？他道，我去就给得少，法国人去了就能拿回许多。他没说的是，可能还给脸子看。果然米拉耶过去说笑了一通，抱了一大堆东西回来，连通常周日不提供的水果也抱来了。

周末是保罗最郁闷的时候。虽说留守的有六七人，但我经常不在，有时是学生驾车带我到附近周边的城市转转，有时自己乘火车去巴黎。悉德尼有亲戚在里昂，偶或到那儿去。几个女孩也时有人邀去游玩，露西和玛丽娅，因长得漂亮，受邀的次数更多些。有天晚上见露西在厨房做三明治，问她是否要出游，回说谁谁要载她去巴黎，一脸的喜气。她做了好几个，大约是替那人也做了。我还想，那人未免也太小气了，就不能请她吃一顿？但也许是露西预留地步，去餐馆若人家不请，她是吃不起的。

唯独保罗没人邀。我有次一人去亚眠，也曾动念邀他同去，就算请他。但出游最要兴趣相投的熟人（向女人献殷勤又是一说），与保罗只能说是半生半熟，岁数差许多，他有时又有点别扭，想想也就罢了。记忆里几个月里只有一两次，他与人一起出去，有一次肯定还是辛迪请他。

辛迪是个法国女孩，个不高，白白净净，戴副眼镜，不能说好看，也不能说不好看。平日不言不语的，戴维说她对保罗有意思，恐怕是真的。"有意思"是日记里写的，戴维说的当然是英语，我现在却没法还原了。"有意思"是影影绰绰的阶段，但法国人男男女女的都是直来直去，不大有遮掩的。说好就好上了，认识没几天就能双宿双飞，宿舍里露水夫妻少说也有四五对，而且隔三岔五就重新洗牌，一拍即好，也一拍即散。也许我是外人，不知内里，见他们聚了散的，都很阳光。唯独辛迪，显得内向，与保罗在一起也没什么亲昵的举动，总是很安静，保罗对她则是不冷不热的。有一度我以为他和波兰女孩玛考好上了，因为有天从福合页客厅里过，看见玛考枕在他身上看电视。但两天后就遇见玛考和一法国男孩勾肩搭背一起走。虽说男追女的公式早就不存在了，法国还是男子献殷勤的多。可能还是和贫寒有关，有心理障碍吧，没见保罗向谁献过殷勤，也没主动追过谁。

但他喜欢谈女人。谈女人似乎是他不多的阳光时刻。宿舍是公共浴室，距他寝室几步之遥，有次他刚洗过澡，站在门口与戴维说话，我从旁经过，也立谈片刻，日记中记道：

保罗沐浴方罢，仅以毛巾遮羞，毛巾甚小，裹身未周，而彼立廊中，浑若无事，有女经过且与交谈。其寝处门户半开，见墙上多美女照，泰半为半裸或全裸。戴维戏言其一即其妻，吾笑曰保罗有SO MANY WIFES，保罗闻言甚兴奋，引我至室中观其私藏——门后自上至下贴满，均裸女。

与其玩笑，呼为BOY，我等则为男人，彼正经作色，称其已二十三岁。且反唇相讥，我为男人，汝为老男人。答曰，我固老男人，君实大男孩。

他那些裸女都是英国小报上三版女郎一型的，其特征是夸张的三围与诱惑的表情，文弱的辛迪相去太远了，当然那也未必就代表他现实中的美女标准，性幻想而已。

那一次之后，保罗不知怎么，认定我是可以和他谈谈女人的，碰到一起常引到这话题。也许不过是语言交流有障碍，复杂了没法谈，谈女人是男人的普遍话题，不难心领神会吧。我觉得有趣，好几次都在日记里记下了：

保罗趣人，同看电视广告，遇美女出现则口哨、惊呼。忽问喜何种女子，又问最喜女子哪一部分，恐我不懂，复举例相喻——"BREAST, FACE, ASS, AND SO ON"。答此为 BOY 问题，我为 MAN，不答。保罗问，男孩喜女子一部，男人喜女人全部？答：此即男人与男孩之别。

后来好像他还缠着我问过，我如何做答记不清了，他给了自己的答案我还记得，说是颈子。害得我把辛迪和他墙上那些裸女的脖子想了一遍，也想不出所以然来。他墙上不过是一群肉弹，张三李四都分不清，哪记得起什么脖子？

脖子很抽象，另一次说的倒是比较现实具体了：

> 早餐与保罗同坐一桌，彼问法国女孩如何？是否漂亮？告漂亮者为其同胞。彼摇首称不算，因非法国女孩。再答曰，漂亮者非 IUFM 中人，在大学也，彼意为然。然称宿舍一女子甚美，美在蓝眼睛。因宿舍中人多数均识其面而不知其名，固不晓所指为谁。

IUFM 就是他进修的教育学院，大学则指我任教的学校。他为何不坚持他的标准，不以颈子而改以眼睛取人，我不知道是不是因为颈子描述起来太困难。但宿舍中蓝眼睛的法国女孩有好几个，我记不住他说的名字，好奇心也没大到再去追问，所以最后也还是不知道。反正不是辛迪就是了。

三月末，保罗结束进修，要回罗马尼亚了。我找了张带到法国听的中国民乐唱碟准备送他做个纪念。这才想到，虽是接触较多，他好像没怎么问过我中国的情形，倒是那些法国佬，英语不灵，交流更困难，却常好奇地问中国这中国那。说起来我们还有过很多相似的国情哩，也许是他太年轻，对历史所知不多也不想知道吧？记得曾向他说起我上小学时在南京如何起大早夹道欢迎齐奥塞斯库，原是想引他说说往昔的罗马尼亚的，他也没什么反应。

第二天早上，又是在餐厅见到他，说些告别的话，他接了唱碟，神情有些恍惚，有些黯然，是因为要离开法国了。他说他不想回去。我想他在这儿也并非很愉快呀？但也没问。

保罗走了好几天之后，辛迪有天找到我，问有没有见到保罗。相互联络都是用手机的，保罗用不起，要找他总是得遍寻他通常会出现的几个地方。辛迪这几天显然找过多次了。我告诉她保罗走了。走了，去哪里？我说回国了。她便一怔，原本很白的脸变得惨白。还回来吗？我说不会了吧。她有一会儿没说话，又问知不知道保罗的详细地址。看来辛迪对他是真动了情了，其实开车带他出游，且只请他一人，那意思就很明白了。无奈落花有意，流水无情，保罗显然连回国的事都没对她说。

辛迪走后我才想到，不要说详细地址，保罗所在的那个城市我也记不清了。再想想，我甚至不知道他的全名。对我而言，他等于已经消失了。

好人戴维

中国人的年龄对西方人永远是个谜，一如猜测西方人的岁数对中国人是道出错率极高的难题一样。出错都在中间这一段，两头比较简单，大约老年和幼年比较"赤裸"，要出错也和自己人猜自己人的几率差不多。青年和中年的阶段，出错大致有一个趋向：西方人猜中国人，大抵是做减法——一概往年轻里猜；中国人往往是做加法，擅自给人家长岁数。长得少相的人自不必说，在中国被目为老相的人，到洋人的国度里要装嫩也不难，欧洲的公园、博物馆对学生都有很大的优惠，不少中年同胞谎称或是被对方主动认作学生，也便混过去了。

——多少是和体貌特征的不同有关吧？西方人高头大马，发育又早，早早就全撑开了，相形之下，中国人就显得瘦小单薄，成年人也像是未曾充分发育。法国人在白人中身材算苗条的，也依然是庞大，女同胞进他们的商店里买衣服，买上衣尤可，裤子要买到合适的，千难万难，因最小的尺码臀围也会大出一圈。此外洋人毛发浓密、皮肤粗糙，也容易显老，与中国人相比，皱纹似乎总是提前出现，而一旦出现，就相当"深刻"。

但戴维即使在洋人中也属长得老相的，故我很长一段时间对他的年纪判断有误，就不能算我失察。戴维是荷兰人，长得挺壮实，鼻梁上的那副样式过时的眼镜改变不了给人的"蓝领"印象，除了头发已相当稀疏，我便再也说不出什么其他特征。放在人堆里，绝对地泯然众人。

我住的宿舍里绝大多数都是来进修的中小学教师，我自己是因服务的那所大学与教师进修学院两校间的关系住进这儿的。戴维并非进修生，他是要拿法国的博士学位，在准备论文，不知怎么也找到这里住下。待将宿舍中人都认了个遍之后，我便在心里将其列为房客中的最年长者。这并无大错，因来进修的人中，岁数最大的二十八岁，大多数只有二十二三岁（虽然以最初的目测，我擅自都给他们加了四五岁至八九岁不等）。但事实上以年龄论，称孤道寡的应该是我，他只能排次席，以为他四十多岁甚或已然"奔五"，显然"高"看了他，他后来拿了护照给我看的，一九六五年生，当时应是三十六。而他最初和宿舍中人一样"小"看了我,认定我只三十上下。不过即使在"小"看我的阶段,他对我年龄的推测也足以让他将我划为同类,将我和宿舍中几个年长的,放在了"代沟"他自己的这一侧。知道了我大学教师的身份之后,似乎更有一份特别的尊重。

我与他的来往较多,起初是因为别无选择。不通法语,我与宿舍中人虽每见面必热烈寒暄,"你好"、"再见"得很热闹,其实是"块然独存"的。法国人当中倒也有好几位,颇为热情,对中国人亦好奇,无奈只能以英语交流,而两造英语又皆烂得可以,往往说不几句就说不下去了。这就见出戴维对我的重要。荷兰人多会说英语,戴维说得就很溜,关键是他很愿意跟我聊,有他引领着,我糟糕的口语居然也可应付应付。

头一度与戴维超越打招呼式寒暄,是在一个星期天,宿舍走空了,就剩我和他,中午时两人都到厨房里弄吃的,碰上了。我从来不知道自己用英语可以与别人聊,因为除了英语课上的造句练习、回答问题之类,再刨去打招呼、问路、购物的简单用语,此前总共张口说过的英语,不会超过一百句。与宿舍其他人说话,如是连续性的对话,决计不会超过两分钟。那一次和戴维却一气聊了个把小时,让我莫名兴奋,几乎要对自己刮目相看。其实不是我的口语看涨(后来大多数情况下，遇到英语差劲的法国人，还是无"话"可说），是他有聊的愿望，因此也就有足够的耐心。他用尽可能简单的句子表达，若我不懂则换一种表述，又努力从我不成话的破碎句子和常常出错的发音中猜测、领会我的意思，以至两人之间居然有来言，有去语，气氛还颇为热烈。

这是到法国后头一次与老外有交流，且是用素来张不了口的英语，自然有兴致。也因是头一遭，所谈自然很是泛泛。不过有一点，似乎是后来他一再回到的话题，即是数落法国人的不是，且总是兴致勃勃。他对法国人的攻击是全方位的，从他们吃上面的繁琐，烹饪时间的漫长，到他们的等级森严，讲究尊卑有序（荷兰社会则不论身份，彼此平等）。还有女性受到的娇宠，有客登门，女的在客厅里与客谈笑风生，男的则在厨房里"COOKING, COOKING, COOKING"（德国、荷兰就都是女的下厨）。又如法国人待人接物的距离感，冷漠，欠热情，等等，等等。西方人原先在我的意识里朦朦胧胧的，是个统一体，到欧洲才直观地觉察到，其实并非铁板一块，美国人与欧洲人就是两回事，欧洲各国人之间，外人也许容易看作一体的，其实彼此之间还是有国族意识，你是你，我是我，分得门儿清，哪个国家都有一大堆讥讽他国人的笑话，只有面对更大的外部时，方才显出一体性。这些本不待戴维来为我启蒙，不过话从他口里出来，伴以说话时的语气、表情，对我而言，倒不失为一种很可感的注脚。

其实戴维对法国人的那些讥嘲，无非就是外国人谈法国人、法国文化的书里说的那些。我固然得到一些印证，那些说法合理性究竟几何，得看你如何去求证。不过从褒贬角度去看，证以宿舍中人的言动，至少戴维指陈法国人冷漠、欠热情时，他是有理由也有资格的，因为他自己的确是个乐于助人的热心人。都说法国人善交际，宿舍中那些法国人则大多显得不善主动与人交流，不知是不是他们大多来自小地方，年岁也偏小的缘故。即较热情者，也和戴维不一样。比如那位圆胖的里昂人皮埃尔，见人总是一脸笑意，并且总想把自己的快乐传染给周围的人，只是比之于戴维的乐于助人，他带给周围人的，更多地应该说是"热闹"。

毫无疑问，我是戴维的善意的受惠者。因语言不通，戴维出现之前，宿舍里的活动，聚餐、派对之类，我大体上是避而远之，偶去一次，众人说话笑闹，我左顾右盼，莫名其妙，像个大傻瓜。参加过一次聚会，皮埃尔和塞莉娜邀我去的，但将我引到现场之后，他们显然以为已经尽到了全部的义务，皮埃尔很快开始扮演热闹场合注定要扮演的主角，或者讲些逗得众人乐不可支而我一头雾水的笑话，或是操把吉他唱将起来，活跃得像个主持人。主持人得把握全场气氛，皮埃尔眼睛扫到我时，向我挤挤眼，表示并未忘记我的存在。我间或随众人笑笑，对皮埃尔则也报以挤眉弄眼，反正不管是跟着笑或是做出其他表情，我的反应都只是为了让自己不那么像一个百分之百的大傻瓜。只有邻座一个女孩想起问我这位新人要不要再来点土豆时，我有把握知道我是懂的。记不清那次聚餐吃了些什么，就那一次，我对法国小年轻的厨艺就不再抱有幻想了。

没想到还有更难吃的。某日戴维提议聚餐，他操持的，说是地道荷兰风味，PANCAKE。此前他曾小范围地请过客，买了一大包海虹，炸了一大堆薯条，邀人同食。这一次遍邀宿舍中人，得有二十几位，自须大操大办，从中午起他就领着几个人在忙。到了晚上，我原是不去的，他坚邀，在楼底下大喊，也便入伙了。尽管有思想准备，我还是没料到，戴维向我吹嘘的荷兰美味，不过是煎饼而已。不能说难吃，至少在欧洲吃过的食品中，此物是最可在中国食谱中找到对应物的。而且咸甜并举，花样繁多，巧克力酱、蜂蜜、水果、果酱、冰淇凌、奶油、起司、培根，戴维弄了一大堆来，反正所谓花样也是自己动手，拣一种或数种往煎饼上涂抹、包裹，再以刀叉割食。问题是，晚餐——应该是DINNER哩——除了煎饼，再没别的。那晚上回到寝室我就泡上了方便面。

不过那天不再形单影只，戴维坐在我身边，时不时用英语为我解释众人正在谈论的话题，或众人大笑的原因。他还引导法国人跟我说英语，令我那一晚上过得颇不寂寞。这以后每遇聚会，他总是不离我左右，而给我当翻译，或在与宿舍管理方打交道时为我代劳，好像成了他的义务。后来宿舍中几个年龄大些的来往渐多，似也有点小圈子的意思，只要我在场，便都憋着说英语，交流之艰难可以想见，戴维的存在这时是必不可少的，像润滑剂，他令我和其他人之间三岔口式的对话得以维持不坠。

戴维也是我最主要的消息来源。对于宿舍里发生的一切，我几乎等于闭目塞听。关于谁谁谁的背景，宿舍管理者要有何举措，甚至收发室有我的信，我大都从他那里得来。有正式的消息，也有小道的传闻，不夸张地说，他是我了解周围这个小世界的主要管道。有时路上遇到，也有时是专门找到我，一见便说有事相告，往往是这样开始："YU, I HAVE A GOOD NEWS!"或"YU, I HAVE A BAD NEWS!"待说具体内容，不过是食堂将迟一两天关闭，或某某生病了。我学英语CHINGLISH得厉害，理解很生硬，意中NEWS该是很郑重，暗笑道：他哪来这么多的NEWS？笑话归笑话，我当然知道戴维给了我多大的帮助。

　　身在异国，有时候"入乡随俗"根本无须提醒，自然而然就那样了。比如找人帮点小忙，在国内或者是极随便的，到这里就有心理障碍，每求人，即使是琐细小事，即使对象是学生，亦必瞻前顾后方才启齿，并且必想着如何回报。也不知为何，我对戴维很是随便，既未想到过被拒绝的难堪，也从未想过回报的问题，我请他吃饭，送他礼物，都与"回报"无关。这肯定是因为，他的和善让我消除了距离感。

　　话说回来，不谈形迹，从心理的层面上说，我以为我也给了他回报，至少他能感觉到我对他的好感。并非宿舍中的人都欣赏他的和善和热心，虽说他帮过的人远非我一个——对所有的人他都怀有善意的。

　　有道是"马善被人骑，人善被人欺"，哪里都是一样。戴维脾气太好了，好到旁人可以拿他不当回事。我们常因旁人的有"架子"而生反感，可当真一点没"架子"，却又要被欺上身来。戴维固然这方面没什么资本，不过至少以年龄论，他是在"上"的，而照我的观察，在法国人中间，岁数上的尊卑意识还是有的，少小者对年纪大些的人，至少大面上，不那么放肆。戴维则似不知矜持为何物，与那些法国小家伙比起来，反倒是他显得更没有城府。后者的轻慢，甚或见于辞色，而戴维的好意，也有人并不领情。那次煎饼宴上，就有那么一两位，对他的手艺面露鄙夷之色。我都看出来了，我不相信戴维毫无觉察，看上去却是浑然不觉。事后有人私下嘲讽他，无非"给吃的什么玩意儿"之类。一暂住宿舍的中国留学生告诉我，有人还对如此简单的饭食是否需每人付三欧元表示怀疑，倒好像戴维在借此敛财——照惯例，这一类的聚餐都是有人发起，愿意参加者交钱让他去操办。不知有意无意，居然有几个吃后没主动交钱，戴维不好意思找他们要，只私下里对我嘀咕了几句。

吃力——想想要一张一张摊出可供二十几人的煎饼——不讨好的事不止这一桩。此前单是二十人以上的聚餐他就组织过两回，小型的，他干脆就请客。若是他手头不那么拮据，他恐怕还会更慷慨。

戴维没正式工作，此前从事过的，都是些收入不高的职业，没什么积蓄，搜集材料写论文这段时间，他的全部生活来源就是给荷兰使馆或是荷兰侨民的机构、个人译些法律方面的材料，这样的打零工报酬很有限，我记得他有次流露出对中国同行的羡慕，因中国在法国的人很多，市场大，翻译活计就多，报酬也明显高于他们。我怀疑苦日子他过惯了，我模糊地知道，他的家境不大好，他与家人的联系也不多，他不去外面的餐馆、酒馆、咖啡馆，除了到学校的免费场地打打球，再无什么其他娱乐活动，图书馆、计算机房，宿舍，此外超市、教堂，生活近乎斯巴达式，却并不抱怨，或像保罗那样，有委屈之意。

　　我不知道宿舍中人对他的轻慢是否多少与此有关——隐性的嫌贫爱富，此种势利眼是超国界的，除此之外，他们的态度会不会与他的不够聪明，或说难听些，脑子不好使，有那么点关系？

　　戴维确乎不大聪明，除了与人交往反应有些迟钝之外，这也见于他的博士论文进展的艰难，尽管他一直在孜孜矻矻地用功。他对保罗流露的钦羡之意以及夸张的称道可能也从反面证明了他自己在读书做学问上的吃力。保罗是罗马尼亚留学生，年轻，只二十二三岁，记忆力强，反应也快，在戴维眼中，简直是个天才。依我看来，也许是高估了。人对某种自己缺乏而他人具备的才具，常有放大的倾向，或是雾里看花的钦羡乃至崇拜，或者出于嫉妒、要强否认、贬低其意义，戴维厚道人，当然属前者。他对我高看两眼，恐也与此有关——因为我在大学教书，他就以为在某个其实他不太摸门的领域里，我是个成功者。有时他会跟我说起他的论文，问我论文怎么写，虽说我不可能给他什么帮助。从中我倒听出来了，他对论文实在没什么概念，而他的导师对他的论文计划大约也不大满意。我猜测导师对他有时也不那么客气，就像我自己对不开窍的学生偶或流露出的不耐烦。

当然，论文在我与他的闲聊中只有极偶然的情况下才会提及，即使只讨论论文的一般要求，对我和对他，也都太难了，若谈起也必错进错出，难得要领。通常的话题还是身边的人与事。他也臧否人物，甚至不乏调侃讥讽，当面挖苦的时候也是有的。不过都来得"钝"，一点也不"毒"，我不知道是否厚道人讽人，就必是温吞。

二月间宿舍里来了个名叫悉德尼的刚果留学生，有种不招人待见的自来熟，不识眉高眼低，又喜咋呼，每开口即不免大呼小叫。秘而不宣的歧视加上法国人对礼数的讲究，让大多数人对他看不惯，见他出现就设法趋避，嫌憎之情形之于色，就好像文明人撞上了野蛮人。戴维常笑话他，有次我们几个人在二楼机房里上机，就听悉德尼在下面一个人嚷嚷，过一会又唱起来，众人都觉得烦，保罗更是愤然作色，骂出声来，戴维起身笑道："我去让他安静下来。"下去一趟，再笑着上来时，下面果然没声了，他还又追加了几句挖苦的话，却一点没有嫌憎的意思。我不知道刚才他使了什么招，没伤到悉德尼是肯定的，刚果人也一直最喜欢拉着他说话。

顺便说一句，悉德尼跟我也很亲近。他不会知道他们过去的国家首脑送毛泽东芒果的佳话，中国在刚果援建的项目，以及"第三世界"的概念却让他像很多非洲人一样，对中国有某种天然的亲近感，好像到现在也还有把中国当"第三世界"盟主的意思。不过中国对他最有吸引力的乃是他从风靡的功夫片里看来的"中国功夫"，老缠着我让教他几招。为表示他对功夫并非一无所知，有次我们三四个人正说着话，他忽然就插进来，说他箱子里有他买的练功服，要穿给我看，并要表演几招，我笑说不必了，我信。他正在兴头上，一定要众人鉴赏，扭头就往寝室跑，过一阵大呼小叫跑回来，果然着一套不伦不类的练功服，背后一个大大的"武"字。而后果真也摆了几个架式，最能发上力的，似乎是嘴里不住迸出的"嗨！嗨！嗨嗨！！"之声。他对功夫片里的飞檐走壁无比地神往，我告诉他那都是夸张出来的，他坚决不信，倒好像我在藏着掖着。凡此自然不免被我们笑话。

　　戴维讥笑他人，也不是没有语含"恶意"的时候。比如三月份宿舍中一批人进修期满要离开，保罗、露西等几个来自东欧国家的要回国，颇有几对临时鸳鸯只怕就此也就走散，他便对我笑道："EVERYHTING WILL BE FINISHED."言下颇有幸灾乐祸的意思。按照某种心理学的说法，这反应就该解为嫉妒心理的现出原形，眼见别人卿卿我我不免眼热。有个性情孤僻的大龄中国女学生 WL 似乎有些厌憎地说起过戴维的"古怪"，不知是否暗指戴维曾对她献过殷勤，我也没细问。以我所知，他对男女关系似乎很认真。保罗喜欢议论谁谁漂亮，谁谁难看，戴维的议论听上去全是道德考量，如说露西在交男友上"不严肃"，玛考等则"严肃"，"严肃"在此全然被当作是褒义的。对几个常给我帮助、他也见到过的几个中国女学生，他的总评是"安静"。WL 则过于"安静"，缺少与人的交流（不知是否因此之故他就怜香惜玉，想接近她）。"安静"在他那里也是一个褒义词，后来我发现他的摩洛哥太太也很"安静"。至于"安静"与"严肃"之间有无什么相通处，我不知道。还有一个不知道：倘他知道在法的许多中国女孩都有法国男友，并且不少都换过男友且有同居的经历，不知他是否会对中国女孩维持"原判"。我并不觉得自己是多么开放的人，不过我以为戴维有点过于正经刻板，或者说，过于老派了。

从某种角度，说戴维正经并没错，尽管他很少说大道理，不管是以一本正经的方式，还是以苦口婆心的方式。他是基督徒，不过我想象中一个宗教信徒言动上会显现的某种严肃，在他身上并无显现，他通常总是很随和，看上去并没有什么原则要坚持。只是每个周日一大早他必去教堂做礼拜，从无间断，好几次我睡了懒觉起来，发现他已做完礼拜回来了。他二十几岁生过一场大病，据他所言，那以后，一切都不一样了。

不过信仰并未对他的婚姻构成障碍，他的妻子法蒂玛是阿拉伯人，自然信伊斯兰教。记不清是到摩洛哥工作，还是去旅游，在卡萨布兰卡认识了法蒂玛。从认识到相爱到结婚，肯定是他主动，应该有一段不乏曲折的故事，虽说不会有《北非谍影》的浪漫。据我想来，戴维虽喜欢与人搭讪，不分男女，进入特定的男女关系层面则颇拘谨，追女朋友一定是比较笨拙、蝎蝎螫螫的那一种。

女方家里一开始是不同意的，当然，后来是应允了，他给我看过他与法蒂玛及家人在一起的照片，穿一件阿拉伯人的袍子，缠着大大的包头。他指责宿舍里的露水夫妻不"严肃"，他自己的严肃则最见于他对婚姻的态度。他显然将与法蒂玛的关系看得很重，不管此前他有没有过女朋友（好像是没有），现在这位阿拉伯姑娘绝对是他的唯一。他不止一次向我说起过她，有时是接到她的来信（这也属于"GOOD NEWS"的范畴），有时是去信一段时间未得回复。他下决心要在法国拿到博士学位，乃是为了日后在法国找到工作，而

戴维与法蒂玛。

有此一念，全因设想家安在法国对法蒂玛更相宜，摩洛哥是前法属殖民地，城里人多通法语。他一直在攒钱，准备让法蒂玛到法国来，这部分地解释了他平日何以生活得那么清苦。即使如此，我也难以想象，以他的状况，他怎么能攒够所需的钱。

是不是因为有个"弱小民族"妻子的缘故，使得戴维对周围的人都一视同仁？当然，基督徒的身份，他所说的荷兰社会较富平等意识，还有，他本人就比较"下层"，也许都可以是部分的解释。戴维大概是宿舍里唯一一个与所有人都能打成一片的人，各色进修的人不必说了，打扫卫生的女工，食堂的小伙计，他跟人都有的聊，而且并非出于礼貌，没半点俯就的意思。与他相比，保罗是更穷的"穷人"，却有落难公子的味道，即与位卑者打交道，也似心有不甘。戴维对宿舍里的"弱势群体"（来自非洲或东欧）有亲近感，在一起似乎更自如，谈论起来也比对法国人宽容得多。比如，对帕沙的不"严肃"，他就未加指责。

帕沙只二十出头，来自阿尔及利亚。因为学的是英语（法语对他们不算外语），与我交流也较多。他到法国后就和一算是远亲的女孩好上了，两边的家长坚决反对，女孩家那边且放下狠话，称发现再有来往就打断他的腿。所以帕沙有时会愁眉苦脸对我叹苦经，他的英语自不如戴维，发音又怪，我只能影影绰绰听个大概。确切知道的是，他隔段时间就去趟巴黎寻女友，约她出来会面像搞地下工作。回来后必有几天，穷得狂啃面包。有时精神振奋，有时情绪低落，要看巴黎之行的情形而定。有天中午他满脸放光，说女友忽然给他打电话：下午就到阿拉斯来看他。未料晚上帕沙找上门来，问我是否知道戴维在哪里，问时神色慌张，人跟遭了霜打似的，原来他把那女孩肚子弄大了。整个宿舍里平时没几个人愿听他诉说，戴维是他最信赖的人，他显然是要向戴维问计。我不知道戴维能给帕沙什么帮助，他又做了什么，事实上两天后也就得知，所谓怀孕不过是一场虚惊，不过帕沙后来对我提到戴维，一脸感激的样子。

"未婚先孕"，而且将来似也不可能有结果，照戴维的标准，这绝对是不"严肃"的，他倒没议论什么。我开玩笑说这里面暗含了对其他人，尤其是法国人的"歧视"，他只笑笑，不说什么。反请我不要将帕沙闯祸事对别人说，连对米拉耶、保罗也不要说，竟有点"家丑不可外扬"的神情。天知道，我哪有闲工夫散布这些"NEWS"？谁又会把这当回事？多余的郑重其事。——不过回头想想，又有几分惭愧：我听帕沙絮叨，大体只是出于好奇，从不操心，戴维则是真的会"操心"的。

也是"操心"的缘故，而非出于礼数，与他走得较近的人要离开，他不是遇见时随便漫谈两句算数，总会专门话个别，帕沙如此，至于他一向看重的保罗，他是拉了我一起去的。正因如此，他本人离开阿拉斯时居然跟谁都不打招呼，不声不响没了踪影，就让人感到很是突然。有几天宿舍的人碰面常互相询问看见戴维没有，都摇头。起初以为他是短暂外出，后来米拉耶从宿舍管理人员那里得知，戴维已退了房，可知是不会回来了。再过几日，米拉耶和我分别收到他的英文、法文邮件，对他的不辞而别大表歉意，说原因他以后会解释，听上去另有隐情，弄得事情有点神秘。到最后我也不知所以然，也许我给他对此事并不关心的印象，也许原本没什么了不得的隐情。

　　我所说的"最后"，是指他离开阿拉斯两个多月后，我与他又有一次相聚。其时他早已与法蒂玛在法国南部小城阿维尼翁安顿下来。他给我的邮件中一再提到现在与法蒂玛在一起，多么多么"HAPPY"，此外就是报告他的论文正在"MAKE GOOD PROGRESS"。我心说，在阿拉斯你看上去挺"HAPPY"且该词是常常挂在嘴边的呀——当然，与妻子相聚，"HAPPY" 又是别样的。他选择到阿维尼翁落脚，就是为了法蒂玛，法国南部温暖的气候与摩罗哥比较接近，若是在北部，体弱的法蒂玛就难适应。此外，阿拉斯的宿舍都是单人的，出去租房则对他是个不小的负担，经多方打听，他终于在阿维尼翁找到了可供夫妻入住的学生公寓。

六月初，我要到里昂大学做一个讲座，里昂距阿维尼翁不远，戴维坚邀我去那里一游，说就住在他那里，方便得很。阿维尼翁是十四世纪罗马教廷所在地，所属的普罗旺斯地区亦闻名遐迩，原就打算去的，见戴维话话旧，还可由他当导游，自然求之不得。

我到阿维尼翁已是晚上，人生地不熟，八点多钟才找到戴维的住所。戴维很高兴，满脸是笑地为我和法蒂玛相互介绍，用法语跟她说，用英语跟我说。他显然以有我这么个朋友为荣，大约与法蒂玛说过多次了，此时还又强调了一下我的大学教师身份。法蒂玛一望而知是北非人，瘦小单薄，很是安静，有点像旧时的中国妇女，似乎随时可以忽略她的存在。戴维对她却颇体贴，总在试图将她拉入谈话中。以前的邮件中说起过，法蒂玛是从摩洛哥乘船过海到西班牙，而后一路坐长途汽车过来的。千里迢迢，辛苦可知。他没解释何以做这样的选择，却也不难猜测：不要说飞机，即使火车，费用也比汽车贵得多，戴维负担不起。而看样子，法蒂玛苦日子也是过惯了的。

他们的住处也分明见出他们平日生活的清苦，房间里除了一张双人床，就是几间最简单的家具，差不多"家徒四壁"。固然这是学生公寓，不过简陋至此，没一点藻饰的，还是少见。

原以为戴维邀我来住，必是他们住着个小单元，我在外间搭个铺吧，到这里才发现，他们就这么一间。因想大概现在正放假，公寓必有空着的，戴维与熟人说好了，借住一下。一边说话，一边就等着他领我过去。不想他一直没动静，时间已经很晚，他见法蒂玛有些困倦，让她先睡，法蒂玛便上床朝里睡了。他还是好整以暇地跟我聊，直到快十一点了，才站起身从床下拖出一张折叠床，打开来在房间中央放好了，道，你就睡这里吧。我没想到是这样，此前见法蒂玛躺到床上，说着话时我已经有点不自在了，这时更觉意外。我想应在附近找家旅馆，但戴维必说没关系，并不打扰他们。若坚持去别处，他会不会以为我是嫌弃他这里条件太差？看样子他与法蒂玛早就商量准备好了的，不住反倒让他们难堪了。这么一想，也就罢念，随他安排了。虽说那晚上睡得真不舒服。

除了睡觉，在阿维尼翁的两天过得很愉快，他们夫妇俩差不多是全程陪同，倘若不是那一阵法国全国都在闹罢工，他还想领我去稍远一点的小镇。就这样我已经过意不去了，尤其是越发觉察到他们的窘迫。他们引着我转了大半个城，还徒步去了河对面的古堡和村子，事先就准备了吃食，并备了几只空矿泉水瓶子，沿路接自来水喝。戴维虽没有说招待不周之类的客气话，我知道他还是有点歉然。想到这一点我就更不自在，虽说另一方面我也知道，能够给我一些帮助他是很高兴的。

回国后一段时间里，我和戴维仍还有邮件往还，只是他那边来得多，我这边回复得少，而且总要隔很长时间才回复。一者回到国内，乱七八糟的事就多起来，二者写一次英文邮件，得憋上半天。不过我也怀疑，是不是时过境迁，戴维对于我变得无足轻重了，在法国他可是惠我良多，记得他不辞而别后有一阵子，我甚至有些失落的，他不在，好像宿舍对我又重新回复到只是一个住所的状态，与周围的人再无交流了。也许，我从来就没把他看成一个真正的朋友，像他对我那样？

戴维知道我写英文的艰难，有次他在邮件里说，可以用中文回复他，他认识了一个中国留学生，可以念给他听的，他甚至还请那学生用中文给我发过邮件。但很快我们又回复到用英文联系，因那学生转学到别的城市去了。再往后，联系就断了。问题出在我这边：通常我只在邮箱里保存他最近一次的邮件。有天我想起拖了两个月没回复戴维了，遂准备打起精神来憋英文，不想那封邮件却遍觅不得，想是哪次不慎清除掉了。我不免有几分自责，却也无可如何。没想到前一阵在邮箱里疯狂寻找一个邮件，无意中却发现了戴维一封漏删了的，却并非最后的一封，时间是二〇〇四年初，我已经回国一年多了。其时他们仍在阿维尼翁。他第 N 次提及他相信他的论文"有了新的进展，但仍有大量的工作要做"。此外，他说他和法蒂玛想到中国旅游，并且正在攒钱，当然，"攒钱需要时间"。我因想起在阿维尼翁时他向法蒂玛解说我送给他们的中国礼物的情形。看得出来，他们对中国充满好奇。

那封邮件我肯定回过的，再度出现，其中关于他们想来中国的话尤其让我觉得应该赶快发一封邮件，恢复联系之外，跳过其他，再回到这一点上。邮件的确也发了，我问他们何时来中国，请他们一定到我的城市，给我机会接待他们。这一次却是戴维那边没了回音，他换了邮箱也未可知。

人和人的相遇有时就是有很多的偶然，不知怎么碰上了，而后走散了，就此也就再无消息，两道轨迹极偶然地相交，令你无端地想到"芸芸众生"、"茫茫人海"之类的词。我不知道戴维夫妇现在在哪里，生活得怎样，也不知道他一直在奋斗的博士学位，拿到了没有？